卡繆札記

第一卷

CARNETS I
MAI 1935–FÉVRIER 1942

卡繆（Albert Camus）/著　　黃馨慧/譯

亞伯特・卡繆（Albert Camus）開始在他所謂的「本子」上做筆記的習慣，始於一九三五年，直到過世為止。《札記》一名是出於編者，意在與籌備中的《卡繆筆記》（*Les Cahiers Albert Camus*）做出區隔。卡繆曾特地將一九三五～五三年間的筆記請人打字，和手稿對照之下，會發現作者對打字稿的修改，微乎其微。這些「本子」一共七冊，經編纂而成此一套三卷之《卡繆札記》。首卷完整地呈現了卡繆自一九三五～四二年的筆記內容，這些筆記嚴格說來雖然不能稱之為日記，但卻有足夠的連貫性，讓讀者得以一窺卡繆在創作《反與正》（*L'Envers et L'Endroit*）、《婚禮》（*Noces*）、《薛西弗斯神話》（*Le Mythe de Sisyphe*）和《異鄉人》（*L'Etranger*）等早期作品時的主要思路。編者在某些章節加註了作者生平事蹟，並標出那些段落與上述四部作品可相呼應，相信這些都有助益於讀者對內文的理解。紀里優（Roger Quilliot）先生熱心地肩負起這些標註的編輯工作。

本書出版同時亦要感謝卡繆夫人與柯尼葉（Jean Grenier）、夏爾（René Char）兩位先生的慨允。

大事紀

1934

第一次婚姻。

加入共產黨。

1935

卡繆二十二歲。

六月取得大學文學士文憑，主修哲學。

積極加入「文化之家」（Maison de la Culture）並成立「勞動劇場」（Théâtre du Travail）。

參與《阿斯圖里亞斯的礦工起義》（*évolte dans les Asturies*）的編撰工作。

1936

五月獲高等哲學研究文憑。論文題目：《新柏拉圖主義和基督教思想》（*Néo-platonisme et pensée chrétienne*）。

夏天前往奧地利旅行，回程經過布拉格和義大利。

離婚。

繼續主持「勞動劇場」。

1937

夏天，因健康因素前往法國——八月在巴黎——接著在安布罕（Embrun）又住了一個月——在義大利逗留數天後，九月回到阿爾及爾。.

九月，獲貝勒阿巴斯中學教員聘書——拒絕該職位。

退出共產黨。

另外創立「團隊劇場」，延續「勞動劇場」的精神。

1938

皮亞（Pascal Pia）至阿爾及爾創《阿爾及爾共和報》（*Alger Républicain*）。卡繆入該報開始記者生涯。先後在報社裡負責過各式各樣的職務，從社會新聞版的編輯到寫社論和書評。他尤其花很多時間在大宗司法案件和專題報導上（《加比利的慘狀 Misère de la Kabylie》——後被收入《時事集卷三 Actuelles III》中）。

大事紀

1939

活躍於「團隊劇場」。

九月——申請入伍——複審的時候被拒。

《阿爾及爾共和報》改版為《共和晚報》（*Soir-Républicain*）
——時常遭到查禁。

1940

《阿爾及爾共和報》停刊。

春天，卡繆在巴黎與皮亞會合。皮亞介紹他到《巴黎晚報》
（*Paris-soir*）擔任編輯助理（因為他不想再跑第一線，只願意
做技術性的工作）。

六月，隨報社撤退到克萊蒙費杭（Clermont-Ferrand）、波爾多
和里昂。

十二月，第二次婚姻。

1941

一月回到奧赫蘭——在一家私立學校教書——時常在奧赫蘭與
阿爾及爾之間往返，試圖重組「團隊劇場」。

一九三五～一九四二年間作品一覽

小說和散文

《快樂的死》（*LA MORT HEUREUSE*），卡繆筆記輯一（Cahiers Albert Camus, I），Gallimard出版社，一九七一

《反與正》（*L'ENVERS ET L'ENDROIT*）Charlot出版社，一九三七（寫於一九三五～三六年）

《婚禮》（*NOCES*），Charlot出版社，一九三九。一九四七年由Gallimard出版社重新出版（寫於一九三六～三七年）

《牛頭人身或瓦赫蘭之旅》（*LE MINOTAURE OU LA HALTE D'ORAN*），Charlot出版社，一九五〇，後收入《夏天》（*L'Été*）散文集（寫於一九三九～一九四〇年）

《異鄉人》（*L'ETRANGER*），Gallimard出版社，一九四二（四〇年五月寫完）

《薛西弗斯神話》（*LE MYTHE DE SISYPHE*），Gallimard出版社，一九四二（完成於一九四一年二月）

劇本

《阿斯圖里亞斯的礦工起義》（*REVOLTE DANS LES ASTURIES*），

一九三五年的集體創作，Charlot出版社，一九三六

《加利古拉》（*CALIGULA*），Gallimard出版社，一九四四（寫於一九三八）

一九三五～一九三九年間在「勞動劇場」及其後的「團隊劇場」所推出劇目

《藐視的時代》（*LE TEMPS DU MEPRIS*） 馬爾羅（A. Malraux）（卡繆改編）

《堅韌號》（*LE PAQUEBOT TENACITY*） 維達克（Ch. Vildrac）

《浪子回頭》（*LE RETOUR DE L'ENFANT PRODIGUE*） 紀德（A. Gide）

《沉默的女人》（*LA FEMME SILENCIEUSE*） 班強生（Ben Johnson）

《普羅米修斯》（*LE PROMETHEE*） 埃斯庫羅斯（Eschyle）

《卡拉馬助夫兄弟們》（*LES FRERES KARAMAZOV*） 杜斯妥也夫斯基（Dostoievsky）

《唐璜》（*DON JUAN*） 普希金（Pouchkine）

《低下層》（*LES BAS-FONDS*） 高爾基（Gorki）

《賽勒斯婷》（*LA CELESTINE*） 達·侯賈斯（Fernando da Rojas）

《西方男兒》（*LE BALADIN DU MONDE OCCIDENTAL*） 辛約翰（Synge）

目　次

第一本

1935-1937

三五年五月

我要說的是：

人們可能會——非關浪漫地——對失去的窮困有一種鄉愁。那種一貧如洗的生活過得夠久的話，就會培養出某種敏銳度。在這種特殊情況下，兒子對母親所抱持的那份奇怪情感，就成了他整個敏銳度[1]的來源。這種會在各個最不相干的領域裡展現出來的敏銳度，可以透過那些潛伏的記憶，亦即構成他童年的材質（一種緊緊貼在靈魂上的黏膠），而獲得充分的解釋。

由此，心裡明白的人會心存感激，並感到良心不安。同時，透過比較——如果他的環境已經有所轉換——，會有一種不再富有的感覺。對有錢人來說，天空——而且還是免費的——好像是個理所當然的贈品。窮人才曉得去感激它那種浩瀚無垠的恩慈。

良心不安，就必須告白。作品是一種告白，我需要做出見

1　這段關於母親主題（見《異鄉人》〔*L'Étranger*〕、《誤會》〔*Le Malentendu*〕、《鼠疫》〔*La Peste*〕）的筆記，可能是《反與正》（*L'Envers et l'Endroit*）一書中一篇題為〈是否之間〉（Entre oui et non）的散文的初稿。——原編註

證。我只想好好地敘述、探討一件事。亦即在那貧困的歲月裡，在那些或卑微或虛榮的人們當中，我曾經最真切地觸及了我所認為的生命真諦。這個光靠藝術創作是不夠的。藝術對我而言不是全部。但至少是個手段。

此外，面對另外那個世界（有錢人的）而感到自慚形穢、軟弱無能和不知不覺流露出來的欽佩景仰，也是重點。我想窮人世界是一種很罕見、甚至是唯一會把自己閉鎖起來的世界，彷彿社會中的一座孤島。在這座島上演魯賓遜，不需要花什麼力氣。非常入戲的人，連提到咫尺外某某醫生的公寓時，都要說那是「那一邊」。

這些全部都要透過母親和兒子兩個角色來表達。

原則上是這樣。

要細論的話，就複雜了：

（一）背景。街區及其居民。

（二）母親及其事蹟。

（三）母子關係。

如何收尾。母親？末章兒子在鄉愁中體認到了母親的象徵價值？？？

❧

柯尼葉[2]：我們總是瞧不起自己。而貧、病和孤獨：我們意識到了我們的永生。「我們總是必須被逼到走投無路。」

就是這樣，絲毫不差。

❧

「經驗」是個虛榮的字眼。經驗不能實驗。經驗不是被激發出來的，我們只能去忍受它。與其說是經驗，還不如稱之為韌性；與其說我們能忍，還不如說我們在受罪。

卻很好用：一旦有了經驗，雖然並非學者，但也算是個專家了。問題是什麼專家？

❧

2　柯尼葉（Jean Grenier）：曾經是卡繆的哲學老師，對卡繆的影響深遠。這對師生之間的情誼，我們可以從兩人在各自著作裡（卡繆在《反與正》和散文集《婚禮》〔*Noces*〕中的一篇文章〈沙漠〉〔*Désert*〕；柯尼葉在《島嶼》〔*Les Îles*〕的最新版中）對彼此的題獻，略窺一二。──原編註

兩個姐妹淘，都病得很厲害。只不過一個是心理上的，還有可能好過來。另一個則是結核末期，只能等死。

一天下午，那個得肺結核的來到女友床前探視，聽見她說：

「妳知道，一直以來，甚至在我病情最告急的時候，我還是覺得自己可以活下去。但如今我實在看不到任何希望了。我想我已經虛弱到再也起不來了。」

另外一個聽到她這麼說，眼底閃過一抹殘忍的喜色，一面拉起對方的手，「哦！那我們就可以一起上路了。」

同樣這兩個女人，一個大限不遠的結核病患，一個就快痊癒了。為此她還前往法國，接受了一種全新的療法。

另一個卻怪起她來。表面上是在怪她棄她遠行，事實上是見不得朋友好起來。之前她一度有種瘋狂的期待，期待不用一個人死，而是拉著最親愛的朋友一起走。她就要孤孤單單地死去了，而這樣的意識在她的友愛中注入了一股可怕的恨意。

八月的雷雨天。熱風和烏雲。但東方卻透出一抹晴藍，輕盈而剔透。教人無法直視。這樣的藍，對眼睛和靈魂來說都是

一種折磨。因為美會令人受不了。美讓人萬念俱灰，因為我們是多想要讓這種剎那的永恆一直持續下去。

❧

他在真誠中感到自在。極其難得。

❧

作戲（la comédie）的概念也重要。將我們從最惡劣的痛苦中解救出來的，是這種覺得自己無助而孤單的感受，然而又不是真的孤單到讓「其他的人」不把我們「視為」受苦之人。這就是為什麼當那種覺得自己實在孤苦伶仃的悲情縈繞不去時，反而是我們最快樂的時候。亦即何以幸福往往不過就是一種顧影自憐的感覺罷了。

窮人之不可思議處：上帝讓這群人毫無指望卻又從不反抗，就像祂總是會把解藥放在生病的人旁邊那樣。

❧

年輕時，我會向眾生需索他們能力範圍之外的：友誼長存，熱情不滅。

如今，我明白只能要求對方能力範圍之內的：作伴就好，不用說話。而他們的情感、友誼和操守，在我眼中仍完全是一種奇蹟；是恩惠的完全表現。

‿

……他們都喝多了，想吃點東西。但那天晚上是除夕，客滿了。人家不接待，他們硬要進去。最後店家只好趕人，身懷六甲的老闆娘還被他們踢了好幾腳。於是老闆——一個瘦弱的金髮青年——便取出他的槍，開了火。子彈射進了那男人右邊的太陽穴。他頭朝著受傷的那邊一歪，倒地不起。一旁的朋友因為酒精作用，加上驚嚇過度，竟繞著他的屍體跳起舞來。

整個事件就是這麼簡單，第二天上報後就會結束了。只是，在此當下，在這一區的這個僻靜的角落裡，稀疏的燈光照在雨後泛著油光的路磚上，綿長而潮溼的輪胎痕跡，以及班次不多的電車經過時發出的聲響和光亮，讓整個場景看起來宛如另一個世界般令人不安：黏稠而揮之不去的景象，當暮色開始在這一帶的街巷間播上幢幢陰影之時；或者說，當一個沒有名字的孤影，曳著沉悶的腳步和模模糊糊的嘟囔，全身沐浴著血色的榮耀，偶爾從某個藥局球燈的紅光下冒出來之際。

༄

三六年一月

窗另一邊的那個院子,我只能看到院牆。還有幾簇上面淌著光的葉片。再上面,還是葉片。更上面,就是太陽了。至於室外空氣中那股可想而知的歡欣鼓舞,那種在這世間到處散播的歡愉,我卻只能從在白窗帘上嬉耍的葉影,以及那五束不厭其煩地為這屋子注入某種乾草的金黃色氣味的日光,領略一二。一陣微風拂過,窗帘上的樹影再度熱絡起來了。一片雲從太陽前面飄過又飄走,於是瓶中的那把金合歡,又從陰影中豔澄澄地躍了出來。這樣就夠了:這道初露的微光,讓我沉浸在一種模模糊糊、令人為之暈眩的喜悅裡。

身為地穴之囚,我在此獨自面對這世界的陰影[3]。一月的午後。空氣底仍有寒意。到處是薄薄一層、用指甲一掐就會裂開的陽光,但它也讓所有的事物蒙上一朵像是永不凋謝的微笑。我是誰,而我又能幹什麼——除了和那些樹影以及光線一起嬉

---

3 「地穴之囚」出自一則柏拉圖講述的寓言,故事敘述一群被腳鏈銬起來,關在一個巨大的地下洞窟中的囚犯,因為背對著洞口,只能從投映在牆上的影子來認識外界的事物。——譯註

戲。化身為這道被我的香菸煙霧所繚繞的陽光——這股溫煦和這份在空氣中默默吐納的熱情。如果循著這道光一直過去，我就能找到我自己。如果我試著去理解、去領略這股洩漏了天機的幽香，我就可以在這個宇宙的最深處找到我自己。我自己，亦即此一讓我得以從表象世界解放出來的極度感動。再過一會兒，別的人事物就又要將我擄走了。就讓我在這塊時光布上將這一分鐘剪下來吧！好比有人會把花朵夾在書頁當中一樣。他們想把某次散步時受到愛情眷顧的記憶壓在裡面。我也是，我也在散步，但和我擦肩而過的卻是個神。人生苦短，浪費時間是一種罪。我一整天都在浪費時間，卻被說成很活躍。今天，是該歇一下，我的心就要去找到它自己。

如果我仍然覺得焦慮，那是因為感受到這個難以捉摸的剎那，正如水銀珠般從我的指間滑落。那些要遁世的就讓他們去吧！我既目睹了自己的誕生，便再沒什麼好抱怨的了。能夠活在這個世上，讓我感到很幸福，因為我的王國屬於這個世界。飄過的雲和蒼白的剎那。我自己讓我自己死了。書翻到心愛的那一頁上。這一頁今天在世界這本大書面前，看起來何其索然無味。我若曾經如何地受苦，我今天就如何地離苦。這苦甚至讓我陶醉，因為它就是這光、這影、這熱度，以及這個教人可

以遠遠地感覺到、就在空氣深處的陰寒。我還需要去問有沒有什麼東西死了，或有沒有人受苦嗎？既然一切都已經寫在這扇承蒙天地傾其所有的窗戶上了。我可以說，我接下來一定會說，最重要的是保有人性和單純。不，最重要的應該是真，那樣就能涵蓋一切了，包括人性和單純。而還有什麼時候，我會比和世界合而為一之時更真、更剔透呢？

　可愛的沉寂時刻。聽不到一點人語響，只有這個世界的天籟在迴盪，而我，被鏈鎖在這個地穴深處，在開始渴望之前，我首先感受到的是心滿意足。永恆就在那兒，而我，我期盼著它的到來。現在我可以發言了。我不曉得除了能夠像這樣自我一直面對著自我，我還能希冀什麼更好的。我現在渴望的並非快樂，但求自己不要無知。人們總以為自己和這個世界是隔離的，但只需一株佇立在金色塵埃中的橄欖樹，或晨曦下幾片亮晶晶的沙灘，也許就能讓我們察覺到內心的抗拒正在消解。我於是卸下了自己的心防。我意識到了哪些可能性只能由自己作主。生命中的每一分鐘裡都蘊藏了奇蹟，都有一個永垂不朽的青春臉孔。

人習慣用影像思考。如果你想成為哲學家，就去寫小說。

❧

荒謬　　　　　　　　　　　清醒

＼　　　　　　／

暴力和善之非理性互動

／　　　　　　　＼

不為浮華富貴所動　　　　　　信心堅定

＼　　　　　　／

神聖性：沉默、行動、社會主義之取得和實踐

背景思想：英雄主義

第二部[4]

A：現在

B：過去

---

[4] 《快樂的死》（*La Mort Heureuse*）的寫作藍圖。《快樂的死》是卡繆的第一部小說，完成於一九三七年，但直到一九七一年卡繆死後由加利瑪（Gallimard）出版社出版，收錄在《卡繆筆記輯一》（*Cahiers Albert Camus, I*）中。——原編註

第一本　1935-1937

❧

帕提斯[5]的死刑犯故事：「我看得到他，這個人。他就在我體內。他的每一句話都讓我心痛。他是活生生的，跟著我一起呼吸。跟著我一起恐懼。」

「……還有另外那個想讓他屈服的。我發現他也活著，也住在我的裡面。我每天都會讓傳教士去見他，想讓他軟化下來。」

5　帕提斯・梅爾索（Patrice Mersault）是「快樂的死」的男主角。這個死刑犯的題材後來出現在《異鄉人》中。──原編註

「我現在知道我會把這些都寫下來。一棵樹，歷經那麼多苦難，最後總要結出果子來。每個冬天的句點都是春暖花開。我需要留下見證。儘管這樣的循環又會週而復始。」

「……我只想表達我對生命的熱愛。但會用自己的方式講出來……」

「別人寫作，是基於遲發性的誘惑。他們人生中的每一個失落，都可以是一部藝術作品，一個用他們生命中的謊言編織起來的謊言。至於我，從我筆下流露出來的將會是我的幸福快樂。即使這其中不乏殘酷的成分。我需要寫作就像我需要游泳，這是一種生理上的需求。」

第三部（完全使用現在式）

第一章——「凱瑟琳，」帕提斯說：「我現在知道我會把這些都寫下來。死刑犯的故事。我終於發揮了自己的真正用處，那就是寫作。」

第二章——從臨世之屋下來到港口，等等。死和陽光的況味。生之愛。

❧

六個故事：

手法高明的故事。富貴。

貧民窟的故事。母親去世。

臨世之屋的故事。

吃醋的故事。

死刑犯的故事。

走向陽光的故事。

∽∾

在巴利阿里群島（Baléares）：去年夏天

　　旅行所必須付出的代價，就是恐懼。就是在某個特定的時刻，因為和自己的家鄉、語言距離得那麼遙遠（法文報紙成了無價之寶，還有那些泡在咖啡館裡的夜晚，和人的接觸即使只限於手肘的碰撞也好），我們會被一種模糊的恐懼攫住，會本能性地渴望能夠再度受到積習的庇護。這就是旅行最明顯的收穫。處於這樣的時刻中，我們就像在發熱，卻又似海綿一般。最細微的碰撞，都能讓我們的存在根本產生動搖。連一道光瀑的洩下，都可以從中看到永恆。這就是為什麼我們不能說旅行是一種樂趣。旅行並不能帶來任何樂趣。我在旅行中看到的不

如說是一種苦修。一個人之所以會踏上旅途，是為了自我養成，如果所謂的養成即是去鍛鍊我們那最內在的、對永恆的感受。樂趣會讓我們迷失自我，就像帕斯卡（Pascal）認為消遣（divertissement）唯有令人和上帝更加疏遠。旅行，好比一門最龐大也是最沉重的學問，讓我們得以踏上歸途。

巴利阿里群島（Baléares）。

港灣。

聖法蘭西斯科（San Francisco）——修道院。

貝勒維（Bellver）。

富人區（影子和老婦）。

窮人區（窗戶）。

大教堂（低俗品味和曠世傑作）。

嘈雜的咖啡館。

蜜拉瑪（Miramar）海岸。

法德薩摩（Valldemosa）與陽臺。

索萊爾（Soller）與正午。

聖安東尼歐（San Antonio）（修道院）。費拉尼克斯

（Felanitx）。

　　波龍莎（Pollensa）：市區。修道院。旅社。

　　伊比薩（Ibiza）：港灣。

　　拉丕納（La Peña）：防禦工事。

　　聖厄拉利亞（San Eulalia）：海灘。節慶。

　　面對港口的咖啡館。

　　石牆和鄉間的磨坊。

∽∾

三六年二月十三日

　　人對他人的要求，總是多於對方所能給予的。假裝自己一無所求是種虛榮。但這是多麼大的錯誤和絕望。而我自己可能也是這樣……

∽∾

　　尋求接觸。一切的接觸。如果我想寫人，如何能自外於景？如果我受到天空或光線的吸引，如何不去思念那些心所愛的眼神和聲音？人們總是會告訴我一段友誼的元素有哪些、一種感動的成分又是什麼，但永遠無法給我感動、給我友誼。

去看一個比較年長的朋友，想跟他傾訴。至少把心中的塊壘吐出來。可是他很趕。兩人東拉西扯不著邊際。時間過去了。我卻覺得更加孤獨、空虛。這個我試圖建立起來的殘障智慧，沒想到朋友一句令我百思不解的無心之言，就能將它摧毀！「不要嘲笑，不必同情」（Non ridere, non lugere）[6] ……於是我懷疑自己，也懷疑別人。

三月

雲朵和陽光絡繹不絕的一天。一種黃澄澄的寒冷。我應該要每天做筆記的。昨天那種透明的陽光是如此美好。整個灣區亮晃晃的——像一片溼潤的唇。於是我工作了一整天。

標題之一：世界的希望。

6　原文是拉丁文，出自史賓諾莎（Spinoza）的《政治論》（*Tractatus Politicus*），指研究人類政治行為時應有的科學態度。——譯註

❧

柯尼葉對共產主義的看法:「整個問題就在於:要為了一個公平正義的理想而去認同一些愚行嗎?」如果答案為肯定:很美。否定的話:很誠實。

在某種程度上,基督教也有同樣的問題:信徒該全盤接受福音書彼此之間的矛盾和教會的暴行嗎?信仰就是承認有諾亞方舟、就是為宗教法庭辯解或贊成他們對伽利略的判決嗎?

但從另一方面,要如何在共產主義和對它的厭惡感之間取得協調?如果碰到那種最極端的、甚至已淪為荒謬而無益的共產主義,那我就一定要唾棄它了。至於宗教上的話⋯⋯

❧

在賭注和英雄主義中彰顯其真諦的死亡。

❧

昨天。碼頭上有陽光,阿拉伯人的特技表演和明媚的港灣。這地方好像正為我在此度過的最後一個冬天,而綻開,而大放異彩。這是個獨一無二、閃爍著寒冷和陽光的冬天。藍色

的寒冷。

雖醉猶醒，一無所有卻仍面帶微笑──這是有氣魄地接納了那些希臘碑文時所感到的萬念俱灰。我為什麼還需要寫作或創作、需要愛或受苦呢？我在人生中所失去的那些，基本上不再是最重要的了。一切都已無益。

面對這樣的天空，以及那從天而降的光熱，我覺得無論是感到絕望或喜悅，都沒有正當的理由了。

五月十六日

散了很久的步。可以眺望大海的丘陵。陽光纖柔。灌木叢裡有白色的野薔薇。紫色花瓣、甜膩碩美的花。回程也是，充滿了女性友人的溫婉。年輕女孩們莊嚴而微笑的臉龐。微笑、玩笑和未來計畫。大家都恪遵遊戲規則。儘管不相信，但所有人都喜歡只看表面，並裝出對它心悅誠服的樣子。沒有走調的音。我透過我的所作所為和世界發生關係，因為心懷感激而與人們產生聯繫[7]。從丘陵上可以看見前面那場雨遺下的霧氣，正

7　這一句後來用在《反與正》中，見該書一二四頁。──原編註

在陽光的擠壓下慢慢升起。即使走進這團棉絮裡，穿過森林下山，仍能感受到太陽就在頭頂上，以及這樹影一一浮現，奇蹟般的一天。信心和友情，日光和白色房屋，幾乎察覺不出來的差異。唉！我那純潔無瑕的幸福已然迷失，它們再也無法像年輕女性的微笑，或某個知心友人的慧點眼光，讓我在向晚的憂鬱裡感到解放。

時間會過得這麼快，是因為我們沒辦法在裡面做什麼記號。類似月亮是在天頂還是在地平線上之類的。這就是為什麼那些青春歲月是如此地漫長，因為太豐盛，而年華老去時則光陰似箭，因為一切已成定局。譬如我就發現幾乎不可能盯著一根指針在鐘面上繞五分鐘，而不會感到漫長和厭煩的。

三月，

　　灰色的天。但光線還是滲了進來。剛下了幾滴雨。遠處的港灣已經變得模糊不清。幾道光在晃動。幸福感以及那些感到幸福的人。他們只會得到他們應得的。

❧

三月

我的喜悅沒有盡頭。

❧

Dolorem exprimit quia movit amorem.[8]

❧

三月

　　阿爾及爾上方的醫院。一陣頗帶勁的微風從山下吹上來，翻攪著青草與陽光。然而這如許溫柔與金黃的運動，卻在快抵達山頂前，在那些一排排緊挨著往山頂齊攻的黑柏腳下，戛然而止。令人讚嘆之光從天而降。底下是光滑無痕的海面，正露著它的藍色牙齒在微笑。我站在風裡，頭頂上的太陽只能曬到一邊的臉龐。我凝視著這個獨一無二的時刻流逝，不曉得該說什麼。倒是有個瘋子突然出現，還有他的看護。他腋下挾著一

8　原文為拉丁文，意思是：「感到痛苦，是因為不再有愛。」——譯註

個盒子往前走，一臉嚴肅。

「您好，小姐（指我旁邊的那位年輕女士）。先生，請容我自我介紹，我是昂波西諾（Ambrosino）先生。」

「我是卡繆先生。」

「啊！我認識一個叫卡慕的。在摩斯塔迦南（Mostaganem）開貨運公司。搞不好你們是親戚。」

「不可能。」

「那也沒關係。請讓我再打擾一下吧！我每天可以出來半個小時。但還得苦苦哀求這個看護，她才會同意陪我出來。您是這位小姐的家人嗎？」

「是的，先生。」

「啊！那我現在跟您宣布，我們復活節的時候就要訂婚了。我太太批准的。小姐，請接受這幾朵花兒吧！還有這封信。這是給您的。來坐在我旁邊。我只有半個小時。」

「我們得走了，昂波西諾先生。」

「是嗎？那我什麼時候才能再見到你們？」

「明天。」

「啊！因為我只有半個小時，所以我只是來演奏點音樂而已。」

然後我們就走了。一路上是天竺葵嬌豔欲滴的鮮紅色。那瘋子從他的盒裡取出一根上面直直地劃了一道的蘆葦，裂縫處用橡膠皮貼上。他就用這個吹出一支古怪的曲調，有熱度的悲涼，「路上下著雨……」這音樂尾隨著我們，經過那些天竺葵和漫山遍野的瑪格麗特之前，經過這片海面或高深莫測的笑容之前。

我打開那封信，上面全是剪貼得很整齊、還用鉛筆編號的廣告詞。

M[9] —— 他每天晚上都會把這把槍放在桌上。工作做完，紙張也收拾好，他就會拿起槍，頂著自己的額頭，或在太陽穴上磨蹭，讓那鐵的冰涼來冷卻自己發熱的雙頰。他可以就這樣待很久，任自己的指頭在扳機上來回遊移，玩那個保險鈕開關，直到周遭的世界都靜寂下來，然後，已經進入夢遊狀態的他，此刻整個人唯一能感受到的，只剩下這塊冰冷垢汙的、從中可以竄出死亡的鐵。

9　關於《快樂的死》的筆記。——原編註

人只要不把自己殺掉，就不能對人生多說什麼。他醒過來了，滿嘴苦澀的口水，舔著那根槍管，把自己的舌頭伸進去，啞著嗓子，感到無限幸福美妙地一直重複：

「我的快樂無價。」

M ──第二部。

禍不單行──他的勇氣──人生就是由這些不幸組成的。他寄寓在這幅疾苦的畫面中，每天生活的基調就是早出晚歸，孤僻，不相信別人，憤世嫉俗。大家都以為他是個意志堅強的禁慾主義者。認真說起來，事情也不是沒有好轉的跡象。某日，發生一件微不足道的小事：他有個朋友漫不經心地跟他說話。結果那天他回家之後就自殺了。

ૐ

三月三十一日

我覺得我漸漸走出來了。

女性們那溫柔婉約的友誼。

ૐ

　　人際的問題解決了。恢復平衡。十五天內我會把重點整理出來——我的書，要持續不斷地寫下去。我的工作，要好好計畫，不要等到星期天以後再說。

　　經過這個顛簸而絕望的漫長人生階段之後，一切都將重新來過。終於又出太陽了，我的身體也蠢蠢欲動。不要多說——要有自信。

四月

　　天氣開始變熱。悶熱。山坡上什麼蟲都有。向晚時分，這城市上方的空氣有一種奇異的品質。噪音往高處飄，然後氣球似地消失在天空中。一動不動的樹影和人影。露臺上，閒聊等天黑的摩爾婦人。炒咖啡豆的香氣也會往上飄。溫柔而絕望的時刻。沒有人可以擁抱，沒有目標可以滿懷感激地獻身。

　　碼頭上的熱浪——巨大，排山倒海而來，讓人無法呼吸。瀝青那種臃腫、會刮人喉嚨的的氣味。滅絕和對死亡的渴望。真正的悲劇氛圍。而不是黑夜，如一般所想像。

第一本　1935-1937

❧

感官和世界——欲望混淆。當我抱住這個身軀的同時，得到的也是一種奇異的、從天頂向海面直落而下的快感。

❧

陽光和死[10]。腿受傷的碼頭工。血滴，一滴又一滴，滴在碼頭滾燙的石頭上。嘶嘶作響。在咖啡館裡，他對我談起他的人生。別的顧客都走了，留下六個空杯子。在郊區的洋房。一個人，晚上才回家做晚餐。一條狗，一隻公貓，一隻母貓，六隻小貓。母貓沒有奶水。那些小貓一個個死了。每天晚上，一條硬梆梆的貓屍和一些異味。或說兩種異味：尿騷和屍臭混在一起的氣味。最後一晚（他兩隻胳臂往桌上一攞，再慢慢地打開，把那些杯子緩緩地往桌沿推）。最後一隻貓也死了。不過該說是最後半隻吧！因為被母貓吃去半邊。清不完的垃圾。風繞著屋子嗚咽。鋼琴聲，從很遠的地方。他就坐在這堆滅絕和這場苦難中。突然間這整個人世的意義讓他如鯁在喉（他的手

10　關於《快樂的死》的筆記。——原編註

還在繼續往外撥，玻璃杯一個個往下掉）。他清了好幾個小時，一股無法訴諸言語的巨大憤怒撼動著他，雙手泡在貓尿裡，想到還有晚餐要做。

全部的杯子都破了。他卻笑了：「不要擔心，」他跟老闆說：「這些我都會賠你。」

碼頭工的傷腿。角落上有個默默含笑的年輕男人。

「這還沒什麼。讓我覺得最痛苦的，是那些世俗之見。」——追著貨車跑，速度，灰塵，雜沓。那些絞盤和機械狂亂的節奏，海平線上起舞的船桅和搖搖晃晃的船殼。貨車。在路面鋪得高低不平的碼頭上顛簸前行。一陣白粉筆灰似的塵埃揚起，烈日和鮮血，背景是有著奇幻氛圍的偌大港口，兩個年輕人正全速奔離，笑得上氣不接下氣，天旋地轉。

五月

　　莫離群索居。活在光明裡的人，不會有失敗的人生。我一切的努力，無論在哪方面，無論面對什麼樣的不幸和幻滅，都是為了能夠再和世界有所接觸。甚至在我內心深處的憂鬱裡，也如此渴望著愛，也會只因為在晚風中看見一座山丘而感到如此陶然。

　　接觸真，首先是大自然，然後是那些大自然知音者的藝術，以及我自己的藝術，如果我也算其中之一的話。即使不算，那光那水和那陶醉卻也依然在眼前，而雙唇仍因渴望而溼潤。

　　雖無望卻還是微笑。無路可出，但不斷地，明知徒勞無功地想當主宰。重點是：不要迷失自我，也不要遺失自己沉睡在這世間的那部分。

⁊◈⁊

五月

　　所有的涉獵＝自我崇拜？不。[11]

---

[11] 這裡的省思後來發展成了《薛西弗斯神話》（*Mythe de Sisyphe*）中的某些段落。──原編註

自我崇拜必然招致不求甚解或樂觀主義。兩種都毫無意義。不是在選擇自己的生命，只是在延展它。

注意：齊克果（Kierkegaard），我們之所以會痛苦，是因為有比較。

完全地投入。接著，以同樣的力量來面對是與否。

❧

五月

阿爾及爾（Alger）的黃昏，女人們是那麼地美麗。

❧

五月

到極限——然後超越：規則。不接受，是懦弱而無能。起而行，彷彿自己很贊同，很勇敢堅強的樣子。意願的問題＝把荒謬性發展到極致＝我就能夠⋯⋯

就所付出的努力而言，這是一場悲劇；從成效（無關緊要就是了）來看的話，卻變得很可笑。

不過，要做到這點，不用浪費時間。在孤獨中探索終極的經驗。透過對自我的克服——要知道這也是荒謬的，來讓這場

遊戲得到昇華。[12]

　　印度智者和西方英雄終於講和了。

　　「讓我覺得最痛苦的，是那些世俗之見。」

　　這種終極經驗一旦碰到示好的手，應該就會停下來。好再重新出發。示好的手是很罕見的。

❧

　　上帝──地中海：建設──毫不自然。

　　自然＝等同。

❧

　　防止舊癮復發和意志不堅：努力──小心惡魔：文化──身體

　　意志─工作（哲）

　　但代價是：遊說者──日復一日

　　我的作品（強烈情感）

12　這裡的省思後來發展成了《薛西弗斯神話》中的某些段落。最前面幾
　　行儼然已經透露出《墮落》（*La Chute*）中的苦澀。──原編註

極端經驗

哲學作品：荒謬性。

文學作品：力量、愛和意謂著征服的死亡。

以上兩項，都要混合兩種文體並維持特有的筆調。有天一定要寫出一本有意義的書。

至於這樣的壓力：沉穩以對——蔑視比較。

෨෨

一篇關於死和哲學的散文——馬爾羅（Malraux），印度。

一篇關於化學的散文。

෨෨

五月

儘管生命是最強壯的——真理，但也是一切怯懦昏庸的源起。應該要公開地主張相反的思想。

෨෨

那些大聲嚷嚷的人：「我是個非道德主義者。」

翻譯：我需要找到一個道德觀。老實招了吧！傻子。我

也是。

❧

另外一個傻瓜：應該要簡單，真實，不用文謅謅——接受並獻身。但這正是我們努力要做到的。

如果我們很確定自己的無望，那就該像個有希望的人一樣去行動——或自殺。受苦並不會帶來權利。

❧

知識分子？是的。而且永遠都不要否定。知識分子＝有辦法讓自己一分為二的人。我喜歡這點。我很高興自己能夠兩者兼具。「如果可以二合為一呢？」實踐上的問題。應該要全心投入。「我瞧不起智識」其實意謂著：「我無法忍受自己有所懷疑」。

我寧願一直睜大眼睛。

❧

十一月

看希臘。精神和情感，對表情的追求是沒落的證據。當微

笑和眼神出現後，希臘雕刻就開始沒落了。就好像十六世紀那些「彩色畫家」對義大利繪畫產生的衝擊一樣。

　　無意之間變成偉大藝術家的希臘人之弔詭。那些令人讚嘆的列柱阿波羅，因為沒有表情。只是上了顏料之後就有表情了（很可惜）——但顏料會掉，傑作永存。

　　民族的出現是分裂的警訊。神聖羅馬帝國的宗教一統才剛打破：各民族分立。在東方，整體卻一直延續下來。

　　國際主義想要讓西方找回它的真諦和使命。但源頭不再是基督教，而是古希臘。今天的人文主義：仍然主張東西方之間存在著鴻溝（例如馬爾羅）。但它能釋放出一種力量。

　　新教。些微差異。理論上，可敬的態度：路德（Luther），齊克果。但實踐上呢？

一月

加利古拉（Caligula）或死亡的意義。共四幕[13]。

一、（A）政績。喜悅。道德論調[14]

（B）鏡子。

二、（A）眾姊妹以及德魯希拉（Drusilla）

（B）鄙視偉大。

（C）德魯希拉之死。加利古拉出走。

三、劇終：加利古拉掀開布幕對觀眾說：

「不，加利古拉沒有死。他在這裡，還有那裡。他在你們每個人的心裡。如果給你們權力，如果你們還有點熱情，如果你們還愛著生命，你們就會看到他發狂，這個藏在你們每個人內心的怪獸或天使。我們這個時代深受其害的，是對那些價值的信仰，並以為一切都是美好的，都不再荒謬。永別了，我要回去歷史裡，我在裡面已經被關了那麼久，被那些害怕愛得太多的人。」

---

[13] 《加利古拉》的最初構想：第一份提到結局的草稿。——原編註

[14] 見蘇埃托尼烏斯（Suétone），西元前一到二世紀間的羅馬帝國史學家，著有《十二凱撒傳》（*De vita duodecim Caesarum libri*）。——譯註

෨৵

一月

習作：臨世之屋[15]。

——在這一帶，我們都叫它「三學生之屋」。

——當你從裡面出來，是因為你想把自己關起來。

——臨世之屋不是一間讓人覺得好玩的房子，而是一間讓人快樂的房子。

෨৵

——「這裡不只有年輕的小姐。」M說，X當著他的面講了難聽的話。

愛之於M：

——「您已經到了那種樂於將別人的小孩視為己出的年紀。」

——「他要一直到聽說了愛因斯坦的相對論，才有辦法做愛。」

---

15 臨世之屋是《快樂的死》中的一章。——原編註

——「上帝讓我免了這回事。」M說。

～～

每次上去就是再一次將它征服，到那兒去的路是那麼地陡峭。

～～

二月

文明並不在於精緻化程度高低。而是在於某種一整個民族共有的意識。而這樣的意識，向來就跟精緻化無關。它甚至是不會轉彎的。把文明看成某個菁英階級的作品，就是把它跟完全是另外一回事的文化搞混了。有所謂的地中海文化。但也有地中海文明。另一方面，也不要把文明和人民混為一談。

～～

巡迴演出（劇場）

在大白天裡如此嚴厲暴躁的奧蘭尼[16]，清晨時也會有溫婉脆

16　奧蘭尼（Oranie）：阿爾及利亞東北部的一個大區。——譯註

弱的一面：波光瀲灩、兩岸長著夾竹桃的枯水河，妝彩幾乎是恰如其分的東方天空，披著玫瑰色流蘇的紫色山脈。一切都在宣示著光明的一日。但含蓄而輕巧地，讓人同時也感受到這一切就快結束了。

三七年四月

　　奇怪。沒辦法一個人，也沒辦法不要這樣。但這兩種狀況我們都可以接受。兩種都有益。

　　最危險的誘惑：什麼都不像。

　　市中心[17]：人總有和自我分離的時候。一條幽暗黏稠的小巷中，嗶嗶剝剝響著微弱的炭火。

---

[17] 市中心（Kasbah）：原指北非地區的碉堡，衍生出「市中心」的意思，另在俚語中有「屋子」的意思。——譯註

❦

瘋狂——背景是美好的早晨——陽光、藍天和白骨。音樂。窗格子上有一根手指。

❦

非贏不可的心態，表示這人的精神層次很低下。

❦

故事——不想為自我辯解的男人。他比較喜歡人家對他的看法。一直到死，他的真面目只有自己知道——這樣的安慰是虛有其表。[18]

❦

四月

女人——相信自己的看法更勝於自己的感受。

---

[18] 《異鄉人》的主旨。——原編註

——關於廢墟的一文[19]：

燥熱的風——如一棵薩赫勒[20]的橄欖樹般光禿禿的老人。

（一）關於廢墟——廢墟中的風或陽光下的死亡

（二）重提《靈魂之死》[21]——預感。

（三）臨世之屋。

（四）小說創作。

（五）關於馬爾羅的散文。

（六）主題。

ৎৡ৵

在一個陌生國度裡，山坡上的屋子映著金黃色的陽光。同樣的景象，在自己的國家裡，給人的感受就沒有這麼強烈。這不是一樣的陽光。我清楚得很我，這不是一樣的陽光。

---

[19] 為《婚禮》中《傑米拉的風》（*Le vent à Djemila*）一文所作的筆記。
    ——原編註

[20] 薩赫勒（Sahel）：阿爾及爾西邊的一條海岸山脈。——譯註

[21] 《靈魂之死》（*La Mort dans l'âme*）是《反與正》一書中的第三篇散文。卡繆曾經試著在《快樂的死》中重新使用。——原編註

向晚，港灣裡有一股這個世間的溫柔——這個世界，有些日子它會騙人，有些日子卻只說真話。它說的是真話，今晚——而且是那麼地堅持，美得那麼哀愁。

五月

　　一種枝節心理學的謬誤。人會尋找自我、分析自我。為了認識自己、肯定自己。心理學是一種行動——而非對自我的反省。人們終其一生都在界定自我。完全了解自己，就是死。

　　（一）先愛而去的動人詩篇。

　　（二）仍然錯過自己的死亡的人。

　　（三）年輕時，我們對某地景的依戀會勝過於對某人。

　　因為前者可以任人詮釋。

五月

《反與正》的前言草稿。

這些發表在這本集子裡的散文，有很多是不成形的。這並非為了貪圖方便而蔑視形式，只是欠缺成熟度。對那些能夠照見真章的讀者，這些文章仍在習作的階段，而我唯一有求於他們的，是關注它們日後的進展。從第一到最後一頁，也許我們還是隱約可以感受到某種一以貫之的觀點，若設我並不覺得自我辯解是在白費工夫，而且也不曉得刻板印象通常比一個人的真面目更能取信於人，我甚至想宣稱此一觀點讓這些文章有了合法性。

စ်

書寫，就是不問世事。某種程度上的隱居在藝術裡。重寫。努力總會帶來收穫，無論是什麼樣的。那些無法成功的人，是懶惰的關係。

စ်

路德：「對赦免的堅信比值得獲得赦免還重要千百倍。這樣的信仰會讓你們有自尊，並帶來真正的滿足。」

（一五一九年在萊比錫宣揚「因信稱義」〔Justification〕的
講詞）

❧

六月

死刑犯，每天都會有個神父來看他。因為那管被割開的喉
嚨，膝蓋要彎下去，嘴巴要叫出個什麼名堂來，身體並高速地
朝著地心墜落，以便自己可以藏身在一連串的「上帝啊，上帝
啊！」裡。

然而每一次，這人都拒絕了，他不想要這種投機取巧，他
寧願咀嚼自己的恐懼。他一言不發地死了，眼裡充滿淚水。[22]

❧

什麼樣的哲學家講出什麼樣的哲學。人愈偉大，哲學就愈
真。

❧

---

22 這裡我們看到的實為《異鄉人》最後幾個場景之一的草稿。──原編
　　註

文明對文化

帝國主義是純粹的文明。參見：賽西・羅德（Cecil Rhodes）。《擴張即一切》——各文明像一個個小島——文明是文化必然的結果（參見：史賓格勒）[23]。

文化：人類面對宿命的吶喊。

文明及其沒落：人類對財富的慾念。盲目。

據一個關於地中海的政治理論。

「我言我所知。」

∽∾

（一）經濟上的顯然（馬克斯主義）

（二）精神上的顯然（聖日耳曼羅馬帝國）

∽∾

疾苦世間的悲壯奮鬥。追求長生不死之徒勞無益。是的，我們感興趣的是我們的宿命。而非什麼「之後」、「之前」。

---

[23] 奧斯華・史賓格勒（Oswald Spengler）：一八八〇～一九三六，德國歷史學家，最有名的作品即《西方的沒落》（*Der Untergang des Abendlandes*）。——譯註

∽∾

地獄的撫慰力量。

（一）一方面，無止盡地受苦對我們來說是沒有意義的——我們在想像裡得到喘息。

（二）我們對永恆這個詞是沒有辦法領略的。可說根本無從評量起。除非是在所謂的「永恆之剎那」的那種意義上。

（三）地獄，就是活在這副臭皮囊裡——但總比被消滅殆盡來得好。

∽∾

合乎邏輯的規則：殊異者具有普世價值。

——不合邏輯：悲劇是自我矛盾的。

——實用：一個在某方面很聰明的人，可能在別的方面上是個笨蛋。

∽∾

因為不誠懇而深沉。

❦

馬塞爾（Marcel）眼裡的那個小女人（La petite）。「她丈夫不會這個。有天她跟我說：『跟我老公，從來沒有這樣過。』」

❦

馬塞爾眼中的沙爾勒瓦[24]之役。

「我們這些佐阿夫[25]，人家就叫我們這樣裝備成機槍手[26]。指揮官下令：『上膛』。然後我們就下去了，那裡好像一個斜谷，長著樹。上頭說要上膛。我們前面半個人影也沒有。所以我們就這樣一直前進。沒想到怎麼突然就有機關槍開始對我們掃過來。我們就一個個全倒下去了。死的傷的，多到谷底的血都可以讓我們在上面划船了。還有人在大叫『媽媽』，真的好

---

[24] 沙爾勒瓦（Charleroi）是比利時法語區大城，一次大戰時德法兩軍曾在此交鋒，法軍敗走，死傷慘重。——譯註

[25] 佐阿夫（zouaves）：一八三一～一九六二年北非法屬殖民地的法國步兵團，兵源主要是法國裔。——譯註

[26] 舊法屬殖民地步兵團中的土著士兵。——譯註

恐怖。」

「哇！馬塞爾，你這些獎牌是去哪裡弄來的？」

「去哪裡弄這些？去打仗來的，我說。」

「打仗怎麼弄？」

「我說，你是要我給你看那些上頭寫了字的證書嗎？你要我教你念嗎？不然你覺得是哪裡來的？」

有人把那些「證書」拿了進來。

這是給馬塞爾所屬的那一整個軍團的「證書」。

馬塞爾。我們這些，我們不是有錢人，卻很能吃。你看我那個孫子，比他爸爸還會吃。他爸爸要吃半公斤的麵包，他就得來上一公斤。還有辣肉腸、油炸醃魚，都不會節制的。有時候吃完了，喘個兩口「呼呼」，再繼續吃。

七月

瑪德鄰（Madeleine）[27]的景色。會讓人渴望貧窮的美麗。我已如此遠離我的狂熱——除了愛之外，沒什麼可引以為傲的了。要把盤據我心頭的說出來，趕快說出來。

❦

「毫無關聯」。真正的小說。那種會用一輩子去捍衛某種信仰的人。他的母親過世。他什麼都不要了。但他所信仰的真理依然沒有改變。毫無關聯，就是這樣。

❦

水上飛機：閃爍在海灣上和藍天下的金屬榮光。

❦

松樹，花粉的黃和葉子的青。

❦

---

27 阿爾及爾的邊緣城區，位於艾爾－比亞（El-Biar）的附近。──原編註

基督教和紀德（Gide）一樣，要求人要克制自己的欲望。只是紀德能從中看到某種另外的樂趣。至於基督教，只會認為這是一種苦修。就這層意義上，基督教是比身為知識分子的紀德來得「自然」。但和一般人比起來，還是顯得矯情，因為一般人知道飲泉止渴，而且欲望總是以厭倦收場（一種「對厭倦的頌揚」）[28]。

布拉格。逃離自我[29]。

「我要一個房間。」

「沒問題。住一晚嗎？」

「不。我還不曉得。」

「我們有十八、二十五和三十克朗的房間。」

（沒有回答）

「您要哪一間，先生？」

---

[28] 這裡的省思後來發展成《婚禮》中對紀德和對欲望的評語。——原編註

[29] 這原本是《靈魂之死》中的一段，重新被用在《快樂的死》一書中。——原編註

「隨便（看窗外）。」

「服務生，把這些行李提到十二號房間去。」

（醒過來）

「這間多少錢？」

「三十克朗。」

「太貴了。我要十八克朗那間。」

「服務生，三十四號房。」

❧

（一）在那列載著他奔向「……」的火車上，X凝視著他的雙手。

（二）那人總是在那兒。不過是巧合。

❧

里昂。

佛哈爾貝格市場（Vorarlberg-Halle）。

庫帕斯坦（Kupstein）[30]——小教堂和雨中因河（Inn）畔的

---

[30] 法文原書作Kupstein，疑是庫夫斯坦（Kufstein）之誤排。庫夫斯坦

田園。扎了根的孤獨。

　　薩爾斯堡——伊德曼（Idermann）。聖彼得墓園（Cimetière Saint-Pierre）。密哈貝兒花園（Jardin Mirabelle）及其珍貴的成就。雨絲——福祿考——湖和山——走在原上。

　　林茨（Linz）——多瑙河及工人聚居的郊區。醫生。

　　布特維斯（Butweiss）——郊區。哥德式小修道院。孤獨。

　　布拉格——前四天。巴洛克式修道院。猶太墓園。巴洛克式教堂。到餐廳。餓。沒有錢。死亡。泡醋的黃瓜。獨臂人把他的手風琴壓在屁股下。

　　德勒斯登（Dresde）——繪畫。

　　包岑（Bautzen）——哥德式墓園。天竺葵以及磚拱下的陽光。

　　布雷斯洛（Breslau）——毛毛雨。教堂和工廠煙囪。對他而言尤其悲涼。

　　西里西亞平原（Plaines de Silésie）——沙丘—油膩的清晨裡飛翔在黏膩的大地上的鳥群。

是奧地利因河畔的大城。——譯註

洛穆茨（Olmutz）──柔緩的摩拉維亞平原（Moravie）[31]。酸澀的李樹和動人的遠方景物。

布爾諾（Brno）──窮人區。

維也納──文明──層出不窮的奢華和護城花園。藏在這匹絲緞褶縫裡的深深絕望。

❧

義大利。

教堂──對它們的特殊情感：見薩爾多[32]

繪畫：沉重而凝固的世界。信心，等等。

注意事項：義大利繪畫及其沒落。

❧

面臨入黨與否的知識分子（片段）。

❧

---

[31] 捷克東部的地區名。──譯註

[32] 見薩爾多（Andrea del Sarto）：一四八六～一五三〇，義大利畫家。──譯註

七月

對女人來說，一個不愛她卻可以對她很溫柔的男人，是無法忍受的。

對那男人而言，這是一種苦澀的甜蜜。

一對夫婦：那男人想在第三者面前炫耀。女人馬上說：「可是你也一樣……」然後試著貶抑他，讓他無法擺脫自己的平庸。

火車上：一個母親和她的小孩。

「不要吸你的指頭，髒。」或「你再這樣，等下有你好看的。」

同上。夫婦；女人在擠滿乘客的車廂內站起來。

「給我。」她說。

丈夫從口袋裡搜出她需要的證件。

三七年七月

關於賭徒的小說。[33]

見《群英會》（*Les Pléiades*）[34]：洋溢的節奏。遊戲規則。奢華的靈魂。冒險家。

✦✦

三七年七月——玩家。

革命、榮耀、愛和死。這些對我有什麼用，如果代價是我內心那個，如此深沉又如此真實的東西？

「然後呢？」

「如此沉重的淚流，」他說：「就是讓我對死這麼感興趣的原因。」

✦✦

三七年七月

冒險家。深深覺得藝術再也沒有什麼搞頭了。不可能有任

---

33 卡繆在《加利古拉》的手稿上曾以「賭徒」為副標題。——原編註
34 這裡指的是戈比諾（Gobineau）的小說。——原編註

何偉大或創新了——至少在這個西方文化裡。剩下的只有行動。但靈魂高尚者，在採取這個行動時，沒有不感到絕望的。

七月

如果苦修是出於自願的，我們可以六個禮拜不吃東西（飲水足矣）。如果出於被迫（饑荒），不能超過十天。

真實能量之所在。

西藏瑜伽修行者的呼吸法。應該把我們的實證方法論應用到這麼重要的經驗上。獲取某些令人無法相信的「啟示」。我欣賞的是：即使在狂喜狀態下他仍保持神智清醒。

街上的女人。我們體內那頭慾焰高張的野獸，就蟠踞在腰臀之間，正以一種狂野的溫柔在搔弄著。

八月

在巴黎的路上：一股在太陽穴上鼓噪的熱度，特有的慵懶以及突然湧現的人群。和自己的身體奮戰。我坐在長椅上，在風中，空虛從內心泛上來，不斷地想著K・曼斯菲爾德[35]，想著那不慍不火、長期和病痛對抗的苦戰。除了孤單和接受治療的決心，在阿爾卑斯山上等著我的，還有對我這病的意識。

〜〜

堅持到底，這不僅是抵抗，也是一種任性。我需要感受到自己的身體，一旦我覺得沒有辦法了解它。有時候我也需要寫下一些自己也不太明白、但卻正好可以證明我有個無法羈束的內在的東西。

〜〜

八月

巴黎的溫柔和熱情。貓，小孩，懶散的巴黎人。各式各樣

---

35 K・曼斯菲爾德（K. Mansfield）：一八八八～一九二三，紐西蘭小說家，因患肺結核而早逝。——譯註

的灰，天空，一場由石頭和水流組成的盛大遊行。

❧

阿萊城（Arles）。

❧

三七年八月

他每天都到山上去，又默默地回來，頭髮上都是草，身上都是一整天下來的刮痕。每一次都是無須勾引就被誘惑了。對這個不友善的地方，他內心的抗拒逐漸在減弱。他終於可以想像自己是稜線上那株孤杉背後的朵朵白雲，是那漫山遍野、有著粉紅斑點的柳葉菜、花楸和風鈴草。他讓自己融入了這個嶙峋的芬芳國度裡。登上遙不可及的山巔時，眼前豁然一片無際的風光，但他內心初生的愛意並未因此獲得舒緩，而是暗自和這個不仁的天地訂立某種約定，兩張剛強倨傲的臉龐之間的停戰協議，像敵人在互相威嚇，而非朋友間的全然信賴。

❧

薩瓦省（Savoie）的溫婉。

୬୷

三七年八月

一個男人，在人們通常視為人生大事的地方（婚姻、社會地位等等）尋找人生，然後某天在翻閱一本時裝目錄的時候，突然了解到他對自己人生（亦即時裝目錄上鼓吹的那種人生是何其地無所謂）[36]。

第一部——他在此之前的人生。

第二部——賭注。

第三部——不再妥協以及大自然中的真裡。

୬୷

三七年八月

最後一章？巴黎馬賽（Marseille）。南下地中海。

他走進水裡，把外面世界留在他皮膚上的那些張牙舞爪的黑色圖案洗掉。在肌肉的伸縮中，他突然又聞到自己皮膚的味

---

[36] 根據卡繆本人的說法，他在這裡第一次有意識地寫下了《異鄉人》主旨。——原編註

道。也許他從未覺得自己和世界這麼契合過，他的行進路線和日光同步。在這個溢滿繁星的夜裡，他伸出手在夜空靜謐無邊的臉上比劃著。他一隻胳臂一揮，就把這顆明星和另外那顆時隱時現的星星分開來了，一束束的星辰和一朵朵的雲，就隨著他的揮灑散落下來。於是天上有一池被他攪亂的水，而圍繞著他的那座城市，宛如一頂綴滿貝殼的華麗斗篷。

〜〜

兩個人物。其中一個自殺？

〜〜

三七年八月

賭徒。

——這個很難，非常難。但這並不是個理由。

——當然，凱瑟琳（Catherine）說，對著日頭抬起眼睛。

〜〜

賭徒。

某夫人，從另一方面看也是個不折不扣的老娼妓，有著漂

亮的音樂天賦。

可以用來寫小說。

第一部：巡迴公演。電影院。偉大的愛情故事（聖香達爾中學〔Collège Saint-Chantal〕）。

꙾

三七年八月

分章大綱。和賭注結合在一起的人生[37]。

第一部

A ── 逃避自我。

B ── M以及貧窮（完全用現在式）。A組的分章主要在描寫他的賭徒性格。B組的話，主要是母親生前直到去世的故事（瑪格麗特〔Marguerite〕之死 ── 做過的各種工作：仲介、汽車零件、省政府等等。）

最後一章：迎向陽光和死亡（自殺──自然死亡）。

第二部

---

[37] 《快樂的死》的分章大綱，M指的書中主角是梅爾索（Mersault）。
　　──原編註

倒過來。Ａ用現在式：再度感到喜悅。臨世之屋。和凱瑟琳交往。

Ｂ用過去式。沉迷賭博。醋勁大發。逃亡。

第三部

全用現在式。愛情和陽光。不，那男孩說。

⤜⤐

三七年八月

已經好幾年了，我每次聽到一種政治言論，或讀到那些在上位者發表的文章，都會覺得很恐怖，因為那些聲音聽起來都不像人類發出來的。一成不變句子，講著一成不變的謊言。而且大家都已經見怪不怪了，人民的憤怒尚無法將那些傀儡扯下來，由此可見一般人根本不關心誰來統治他們，他們就是要賭，沒錯，就是要賭看看，拿他們一部分的人生和所謂的基本權益做賭注。

⤜⤐

第一部分的Ａ2或Ａ5

讓我痛心的，是一般人對性靈高低的重視程度。您覺得憂

鬱，不可能再過兩個人的生活。因為如果您有一顆高貴的心靈，就無法忍受那些各式各樣的問題。這時這個大概就可跟有沒有胃口或想要幹什麼一樣重要了……

❧❧

三七年八月

大綱。三部分。

第一部：A用現在式。

　　　　　B用過去式。

A1章——從外界的眼光來梅爾索先生的一天。

B1章——巴黎的貧民區。馬肉店。帕提斯和他的家人。啞巴。祖母。

A2章——談話和矛盾。屋頂層。電影院。

B2章——帕提斯的病。醫生。「這個盡頭要來了……」

A3章——一個月的巡迴公演。

B3章——不同的職業（仲介、汽車零件、省政府）。

A4章——偉大的愛情故事

「您從來沒有過這樣的感覺？」「有的，夫人，當我和您在一起的時候。」左輪槍主題。

B4章——母親之死。

A5章——遇見雷蒙（Raymonde）

〜〜

或者：

壹　A ——爭風吃醋。

　　B ——窮人區——母親。

貳　A ——臨世之屋——星星。

　　B ——旺盛的生命。

叄　逃亡——他不愛的凱瑟琳。

〜〜

刪減並濃縮。導致出走的爭風吃醋的始末。重回人生。

「他跑那麼遠去學到的教訓，沒錯，它還是很有價值，但唯有在被帶回光明的國度之後。」

〜〜

抵達布拉格——直到出發之際——生病。

解釋——露西蕾（Lucile）——逃亡。

❦

八月

西班牙哲學家的缺席。

❦

小說：那男人了解到要活下去，就得有錢，他把全部的精力都投注在追求金錢上，也成功了，從此幸福快樂地活著和死掉[38]。

九月

這個八月就像一副鉸鏈——在大大地喘了一口氣之後，是以一股瘋狂的力量全然地瘋狂。普羅旺斯和我內心某些閉合起來的東西。像隻小鳥依人的普羅旺斯。

必須去活，去創作。活到流下眼淚——譬如在這幢蓋在長著絲柏的山坡上，有著圓形屋瓦和藍色窗板的房子之前。

❦

---

[38] 《快樂的死》的註解。——原編註

蒙泰朗[39]：我就是那種會出事的人。

❧

人在馬賽，幸福和悲哀──在我心的最深處。我喜愛的繁華都市。但同時這孤獨的苦味。

❧

九月八日

馬賽，旅館房間。灰色壁毯上的大黃花。汙垢地圖。碩大無朋的暖爐後面油黑黏膩的死角。木條床和壞掉的電燈開關……某種讓人覺得不可靠，很可疑的自由。

❧

M九月八日

燦爛宣洩的陽光。摩納哥（Monaco）的夾竹桃和繁花遍地的熱那亞（Gênes）。利古里亞海岸線上的藍色夜晚。我的疲

---

39 蒙泰朗（Montherlant）：一八九六～一九七二，法國著名劇作家。
　　──譯註

倦和這股想哭的衝動。這種孤單和這份想要愛的渴望。最後是比薩（Pise），它那充滿生氣的肅穆，那些綠色和黃色的宮殿、大教堂以及沿著拘謹的阿諾河（L'Arno）畔展開的優雅風韻，那種拒絕敞開心扉的高貴情操。一個靦腆而敏感的城市。夜裡，在無人的街道上，它和我靠得這麼近，我在街上漫遊，想要流出來的眼淚終於決堤了。我內心那道傷口也開始在癒合了。

∽

在比薩的牆上：「Alberto fa l'amore con la mia sorella。」（亞貝托睡了我妹妹）[40]

∽

九日星期四

比薩和它那些躺在大教堂前的市民。康波聖托（Campo Santo）[41]中的筆直線條，還有栽植在四個角落上的柏樹。我們

---

[40] 這一條筆記後來用在一九五〇年版的《婚禮》第八十四頁。——原編註

[41] 比薩城的舊公墓，在比薩大教堂的旁邊。——譯註

可以理解那些十五、十六世紀時候的爭端。這裡的每一個城市都有著各自的面貌及信奉的真理。

　　阿諾河畔，除了我踽踽獨行的腳步聲外，別無生跡。同樣的孤寂，也在前往佛羅倫斯（Florence）的火車上令我悸動不已。那些如此凝重的女人臉孔，突然被一陣笑聲給捲了去。其中那個鼻子長長、唇形看起來很高傲的太太，笑得特別開心。在比薩大教堂廣場前的草坪上徜徉，一連數小時。我喝了噴泉的水，微溫，但如此流暢。在前往佛羅倫斯的路上，我細細地端詳了那些面孔、飲了那些笑容。我究竟是幸或不幸？這問題一點都不重要了。我只覺得內心熱情澎湃。

　　某些事物、某些生命正在等著我，而我當然也在期待著，用我所有的力量和悲情渴望著。只不過此時此地，我竟是藉著沉默和低調來養活自己的。[42]

　　毋須談論自己的奇蹟。

42　這一段關於比薩和佛羅倫斯的旅行筆記，後來都成散文集《婚禮》的最後一篇〈沙漠〉一文的素材。——原編註

戈佐利[43]畫的舊約壁畫（當代服飾）。

❧

喬托[44]在聖十字堂（Santa Croce）中所作的壁畫。熱愛大自然和生命的聖方濟（Saint François），那種發自內心微笑，是知道何謂幸福者方能有的表情。溫和柔媚的光，照在佛羅倫斯城上。天空低垂，眼見著就要下雨了。喬托畫的「基督入殮圖」中，聖母瑪利亞臉上那咬緊牙根的苦痛。

❧

佛羅倫斯。每一間教堂的角落上，都會有賣花的攤子。那些花，豐滿，明豔，淌著水珠，單純。

❧

---

[43] 戈佐利（Gossoli）：一四二一～一四九七，義大利文藝復興時期畫家，曾為比薩的康波聖托製作以聖經舊約故事為主題的大型壁畫。——譯註

[44] 喬托（Giotto）：一二六七～一三三七，義大利畫家。——譯註

喬托大展（Mostra Giottesca）[45]

過了好久，我才發現到佛羅倫斯畫派原始期畫家筆下的那些臉孔，其實跟我們現在每天會在街上碰見的一模一樣。因為我們已經不再習慣去看一張臉的本質。我們對同時代的人視而不見，只會去記住那些能夠幫助我們定位的（無論東西南北）。原始期的畫家不扭曲，他們只「實踐」。

在聖母領報堂（Santissima Annunziata）的墓院裡，灰濛濛的天空中都是雲，整棟建築有一股肅穆，卻沒有任何死亡的意味。那兒有些墓誌銘和還願牌：這一個曾是慈父和忠實丈夫，那一個除了是良人佳婿，也是步步為營的商賈，還有一個堪為一切美德之本，英、法語流利得「si come il nativo」（跟當地人一樣）的年輕女人。（每個人都攬了一堆責任在身上，時至如今，來了一群孩子，在那些企圖讓他們的懿行流傳下去的石板上玩起跳羊背）。這一塊上面的這位少女，曾是全家人的希望，「Ma la gioia è pellegrina sulla terra」（但喜悅就是能夠到地上進行一場朝聖）[46]。然而這一切皆無法說服我。根據碑文，幾

---

45 佛羅倫斯市為紀念喬托逝世六百週年，於一九三七年四月到十月舉辦的大型畫展。——譯註

46 見《婚禮》，頁八〇–八一，一九五〇版。——原編註

乎所有的人都很認命，想當然耳，因為他們都接受了他們另外的任務。換成是我，我絕不願意束手就縛。我會用我的沉默一直抗議到底。不用跟我說什麼「應該要如何」。我只知道我的反抗是正確的，而這樣的喜樂就如同一個地上的朝聖者，我必須亦步亦趨地追隨在後。

院子上方的雲層愈來愈厚，那些上頭寫著死人如何有德的石板，也漸漸地被夜色蓋住了。如果現在要我寫一本關於道德的書，一百頁大概有九十九頁是空白的。至於最後一頁，我會寫上：「我只認得一種責任，那就是愛。」除此之外的，我都要說不。用盡所有力氣地說不。那些石板對我說這只是白費力氣，說生命不過就是「col sol levante, col sol cadente」（隨著日出日落）。但我認為無益非但無損於我的抗拒，反而還更增加了它的強度。

我想著這一切，倚著一根柱子，席地而坐。孩子們在一旁嬉鬧。一個傳教士對我微笑。幾個女人用好奇的眼光看著我。朦朧的管風琴聲從教堂裡傳出來，熱情洋溢的主題偶爾會在孩子們的喧嘩聲後面靈光乍現。死亡！在這樣下去，我一定會死得很快樂，飽啖希望而亡。

❧

九月

如果你說：「我不懂什麼基督教，我可以不需要任何慰藉地活下去。」那你就是一個狹隘偏執的人。但如果，無所慰藉地活著的你說：「我了解基督徒的立場，我也很欣賞他們。」那你不過是個毫無深度的遊戲人間者。我開始覺得不用去理會別人的看法。

❧

聖馬可修道院（Cloître de San Marco）。花叢中的陽光。

❧

西耶那和佛羅倫斯原始畫派。他們之所以會堅持把建築物畫得比人小，並非不懂透視法的關係，而是為了強調畫中的人物或聖徒的重要性。舞臺設計可以參考這個。

❧

聖塔瑪利亞諾維拉修道院（Cloître de Santa Maria Novella）

中遲開的玫瑰，和這個星期天早晨佛羅倫斯街上的女人。無拘無束的乳房，那眼，那唇，讓人心狂跳，口乾舌燥，下腹一把火。[47]

❧

費佐雷（Fiesole）[48]

我們的日子並不好過。無法總是根據自己的觀點來行動（至於我未來的樣子，我正以為能夠看見時，它就從我的眼前消逝了）。為了回到孤獨的狀態，我們必須很辛苦地奮戰。然後，有一天，這大地露出它原始而天真的笑容。剎那間，我們內心各種交戰和活力似乎都被抹殺了。也許我眼前的景物已經被好幾百萬隻眼睛注視過了，但對我而言，它宛如這世界浮現的第一朵微笑[49]。它讓我陷入一種「不能自己」──就文字的深層意義而言──的狀態。它讓我確信一旦沒有了愛，萬般皆徒然，甚至愛的本身，如果動機不純正或別有目的，對我來說同樣一文不值。它拒絕承認我是有個性的，對我的苦痛不予回

---

47 見《婚禮》，頁八一，一九五〇版。──原編註

48 位於佛羅倫斯北郊山區的小鎮。──譯註

49 見《婚禮》，頁八八–八九，一九五〇版。──原編註

應。這個世界很美，一切盡在其中。它耐心地宣揚著它的偉大真理：那些所謂的精神和心靈，其實都是虛空。而在這個由驕陽下的發燙石頭，晴空下更顯高大的柏樹所界定出來的、獨一無二的天地中，「正確」的意思是「無人的大自然」。它帶著我直到盡頭。它心平氣和地否定了我。而我，心悅誠服地，朝著某種圓融的智慧前進——如果我不要這樣熱淚盈眶，如果我想要嚎啕大哭的詩心未曾令我將這世界的真理拋卻腦後。

九月十三日

　　費佐雷街上處處可聞的月桂樹的氣味。

九月十五日

　　在費佐雷的聖法蘭西斯科修道院（Cloître de San Francesco）裡，有一處拱廊環繞的小院子，裡頭滿滿的紅花、陽光和黃黑條紋的蜜蜂[50]。一個角落上有一只綠色的澆水壺。到

---

[50]　見《婚禮》，頁八二–八五，一九五○版。——原編註

處都是嗡嗡亂飛的蒼蠅。小院子在熱浪裡烤了又烤，慢慢地冒起煙來。我坐在地上，想著方才參觀過的那些方濟會修士的小房間，現在我明白他們的靈感是從哪裡來的了，而且我很清楚，如果他們是對的，那是因為我也贊同這種作法的關係。我知道我倚靠著的這面牆外，是一片奔向市區的丘陵，整個佛羅倫斯和城裡的柏樹就匍匐在腳下。但如此繁華的世間，不過更證實了這些修士的作法。我得意洋洋地認為自己以及那些我的同類也受到了同樣的讚許——我們都知道極端的貧困可以通往這個世間的華麗和豐富。如果他們捨棄一切，那是為了追求更高境界的人生（而非來生）。這是我對「赤貧」（dénuement）這個字的唯一解釋。「赤裸」一詞一直有著種形體自由的涵義，而這手和花朵間的那種融洽，土地與出世之人彼此愛戀般的默契。啊！我多麼願意就此改宗，如果這還不是我的信仰的話。

今天，我似乎從自己過去和逝去的人生中解脫出來了。我只想要這份親密感和這塊封閉的空間——這種明智而耐性的虔誠。我覺得我的人生就像一塊被反覆揉捏的熱麵糰，我只想把它掌握在自己的雙手上，對那些懂得將一己生命禁錮在花叢和列柱中的修士而言，也一樣吧！或者又好比搭乘那種長途夜間

火車，在車上我們可以和自己對話，準備之後的行程，獨處，用不可思議的耐心去爬梳那些念頭，不教它們四處亂竄，然後繼續向前推進。舔舐自己的生命，彷彿那是一根麥芽糖，塑造它，磨利它，愛它，又像在尋找最後那個斬釘截鐵，可以做為結論的字眼、形象或句子，帶著它出發，從此透過它來觀看一切。我大可留下，為這一年來的疲於奔命畫上句點，我一定會努力將這場和自己的面對面一直延續到底，讓它照見我在今生今世中的每一張臉，即使必須付出難以負擔的寂寞代價亦在所不惜。不要退讓：這一語已道盡。不要妥協，不要背叛。我會竭盡全力去達成某個境界，在那兒和我的所愛會合，接著，我倆將以最大的熱情去做那些構成我每日生活意義的事。

我們（或說我）一旦對自己的虛榮心讓步，一旦我們為了「表現」而活，那就是在背叛了。每一次，都是那種想要表現的可憐心態，讓我在真相的面前更顯渺小。我們並不一定要把心事對人說，但對自己所愛的就不同了。因為在這種情況下，說出心事並不是為了表現自己，而是為了付出。那種在適當時候才顯現出來的人，他的力量大多了。堅持到底，就是懂得保守祕密。我曾因孤獨而苦惱，但因為不曾說出來，最後還是克服了那種孤單的痛苦。然而今天，我發現最大的榮耀竟是能夠

沒沒無聞且孤單地活著。寫作，我深刻的喜悅！認同這個世間和接受享樂——但唯有在赤貧之中。如果我連對自己都無法赤裸，我就不夠資格去喜愛那赤裸裸的沙灘。這是我第一次確切地掌握到快樂這個字眼的涵義，它和我們一般理解到的「我很快樂」竟然有點相反。

人若持續地絕望了某一陣子以後，會感到喜悅。同樣這些在聖法蘭西斯科修道院裡隱修的人，朝暮與紅花相對，斗室裡則擺著骷髏頭以啟冥思。窗外是佛羅倫斯，桌上是死。如果我覺得自己正處在轉捩點上，並非因為我已經爭取到了什麼，而是失去了什麼。我感到自己有一些很極端且深刻的力量。幸好有這些力量，我才能去過我想要的生活。如果今天的我遠離一切，那是因為除了愛和仰望，我別無所能。臉上交織著淚光和陽光的人生，沒有鹽巴的人生和熱石頭，一如我所愛、所渴望的人生，我一面懷想著，覺得似乎我所有絕望和愛的力量都因此集合起來了。今天並非介於肯定與否定之間的中途站，而是兩者皆是。否定並抗拒一切非關淚水和陽光者。肯定的是我這個第一次讓我覺得還有點希望的人生。歷經了這一整年的焦灼和混亂，我來到了義大利；未來還是不確定，但已經完全從我的過去和我的自我之中解脫出來了。我的窮困就是我特殊的財

富。這就好像我可以重新再來似的：沒有更快樂也沒有更不幸。但多了對自己力量的意識、對虛榮心的唾棄，以及這份清醒的、催促著我去面對自己命運的狂熱。

三七年九月十五日

第二本

1937-1939

九月二十二日

　　快樂的死。「……妳明白嗎，克萊兒（Claire），這個不是很好解釋。問題只有一個：知道自己的價值。不過知道之前，得先把蘇格拉底擺一邊。想認識自己，就得採取行動，但這並不是說我們就可以給自己下定義。什麼自我崇拜！笑死人了。哪個我啊？哪種個性啊？我每次回顧自己人生中那不為人知的一面，內心就會有一股想哭的顫動。我既是那些被我吻過的嘴唇，也是『臨世之屋』裡的那些黑夜，那個有時候會被一股想活下去、想成功的狂熱給沖昏頭的窮小子。很多認識我的人，這些時候就不認得我了。而我，我一直覺得自己跟我所生活的這個社會一樣沒人性。」

　　「沒錯，」克萊兒說：「你就是腳踏兩條船。」

　　「也許。可是從前我才二十歲時，也跟大家一樣在讀什麼人生如戲之類的。不過我要說的不是這個。好幾種人生，好幾條船，當然。不過一旦演員上場了，就要照規矩來了。不，克萊兒，妳我都知道這不是開玩笑，有個東西可以證明。」

　　「怎麼說？」克萊兒問。

　　「因為，如果那個演員不曉得自己正在演戲，那麼他流的就是淚水、歷經的就是人生。而每次我想到自己那些喜怒哀樂

的心路歷程時，我很清楚——而且是非常激動地——自己正在演的這個角色其實是最認真、戲分最多的一個。

而我，我想要成為這樣一個完美的演員。我根本不在乎自己有什麼個性，也不曉得如何去培養它。我的人生讓我變成什麼人，我就是那種人，我可不想把自己的人生搞得像一場實驗。我本身就是一個實驗品，聽天由命。如果我夠強硬、夠有耐力的話，我非常確定自己一定可以沒有個性到幾近完美的程度，我的能量又會將我推往何等積極的虛無之境。但每一次，我又總是會被我那個人的虛榮心擋住去路。今天，我終於明白行動、愛和受苦，其實就是活著，但活要活得透明澄澈，並接受自己的命運不過是由各色喜悅和熱情所造成的單一折射。」

路途，等等……

但這一切都需要時間，我現在有的是時間。

一直沉默不語的克萊兒，看著面前的帕提斯，慢慢地說道：

「愛你的人以後會很痛苦。」

帕提斯站起來，眼神裡有一種絕望，很粗暴地說：

「有人愛我，我也沒有義務要做什麼。」

「是沒錯，」克萊兒說：「我不過在陳述事實而已。（總有

一天你會孑然一身）」

❧

九月二十三日。摘自K.[1]的R.P.（Riens philosophiques）[2]。

「『激情』（passion）這個字眼在字義上有靈魂受苦的意思，不是沒有道裡的；因為這個字的用法讓我們想起的大都是驚人而且無法自制的熱切，以至於忘了這其實是一種苦痛（驕傲──挑戰）。」

同樣地：一個完美的（人生）演員是被動的──而且有自知之明──被動的激情。

❧

「他渾身大汗地醒過來，衣衫不整，就在公寓中晃了一會。然後他點了一根香菸，坐下來，腦中一片空白，看著自己縐巴巴的褲子。嘴裡是那種夾雜了瞌睡和菸臭的苦澀。在他四

1　指齊克果（Kierkegaard）。卡繆曾在《薛西弗斯神話》中詳細地討論過齊克果的哲學。──原編註

2　即齊克果的《哲學片段》（*Philosophiske Smuler*），發表於一八四四年。──譯註

周拍濺的，是這泥淖般軟爛無力的一天。」[3]

❧

羅摩克里希納[4]關於討價還價的開示：

「真正的智者沒有瞧不起的事。」

別把愚行和聖行搞混了。

❧

九月二十三日

孤獨，有錢人的奢侈。

❧

九月二十六日

（一）在小說前面加上一些報紙的報導片段（結局）。

（二）保持清醒，即使是處於心醉神迷的狀態中。

具體描述：朋友消失。

---

[3] 《快樂的死》中的一段。——原編註

[4] 羅摩克里希納（Rama Krishna）：一八三六～一八八六，印度宗教家。——譯註

電車（最後一班？）

想法——主旋律。

他愈來愈沉默，整個人蜷縮成一團……

……到了那種神智已經開始不清醒的程度。巨大的努力：
返回世間——汗滴——想到女人張開的大腿——走到陽臺上，
全心全意地投向這個肉慾和光亮的世界。「這樣很衛生。」

然後去沖了個澡，練拉力器。

৵৵

（《神學政治論》）[5]

৵৵

在喬治・索黑爾[6]的書中。題詞獻給「左派人文主義」，企

---

5 《神學政治論》（*Traité Théologico-Politique*）：德國哲學家史賓諾莎
（Spinoza，一六三二～一六七七）的著作。——譯註

6 喬治・索黑爾（Georges Sorel）：一八四七～一九二二，巴黎綜合理
工學院畢業（polytechnicien），為布爾什維克主義所吸引。悲觀主義
和反智論者、反議會的工運分子，鼓吹暴力和全國大罷工。列寧和墨
索里尼都曾相當受其影響。——原編註

圖讓大家把艾勒維提烏斯[7]、狄特羅（Diderot）和霍爾巴哈[8]當成法國文學的顛峰。

那種污染了工人運動的進步概念，是十八世紀布爾喬亞階級的產物。「我們應該盡一切力量來阻止此一新興階級受到那些布爾喬亞觀念的荼毒：此即何以吾人須永不懈怠地力斬人民與十八世紀文學之間的連繫。」（《進步的幻影》〔*Illusion du Progrès*〕，頁二八五-二八六）

九月三十日

我最後總是可以把一個人摸透。只要肯花時間。總是會有那麼一刻，我開始對他失去興趣。有趣的是，這一刻總是發生在，當面對某個事物的時候，他讓我覺得「沒有好奇心」。

7　艾勒維提烏斯（Helvétius）：一七一五～一七七一，法國哲學家，功利主義和唯我物論者。——譯註

8　霍爾巴哈（Holbach）：一七二三～一七八九，德裔法國哲學家，無神論者。——譯註

對話。

「那您從事什麼樣的工作？」

「我數數兒，先生。」

「什麼？」

「我數數兒。我說：一、大海，二、天空（啊！多美！），三、女人，四、花（啊，我好開心啊！）。」

「總之像個傻瓜就是了。」

「我的天，您的意見是早報上看來的。而我，我的見解則是來自這個世界。您透過巴黎之聲（Écho de Paris）在思考，而我卻是透過這個世界。當這個世界充滿光亮，太陽直射，我就會想要愛和擁吻，渴望讓自己融化在一些軀體內和一片光明之中，渴望沉浸在肉慾和陽光裡。如果這個世界是灰暗的，我就會很憂鬱，充滿柔情。我覺得自己變好了，有能力去愛，甚至結婚，但不管是哪一種狀況，其實都無關緊要。」

他走之後：

（一）這是個傻瓜。

（二）是個自以為是的傢伙。

（三）是個挑戰世俗價值者。

「都不是，」那小學女老師說：「這是個被寵壞的小孩；少

來了，一看便知。一個紈褲子弟，不曉得什麼是人生。」

（因為這是愈辯愈明的道裡：要覺得人生可以美好又簡單，就得未曾歷經過它。）

ی‍ۍ

九月三十日

因為想更快出風頭，人們才不願意重寫。可鄙。重新再來。

ی‍ۍ

十月二日

「他冒著毛毛細雨，在泥濘的街上一直往前走。他能夠看的不遠，幾步之外的前方而已。但他仍獨自走在這個如此偏遠的小鎮上。遠離一切也遠離他自己。不，這再也不可能了。在一條狗和所有人的面前哭出來。他想要快樂。他有權利快樂。他不該被如此對待。」

ی‍ۍ

十月四日

「一直到最近為止，我都還有這種人活著就是要做什麼事的想法，說得更白一點就是，因為家裡窮，所以必須賺錢養活自己，要有個事業，安定下來。而且這樣的想法——我甚至還不敢稱之為偏見——應該已經深植我心，因為儘管我對此事抱持的嘲諷態度和定見，它還是揮之不去。後來，當我拿到了貝勒阿巴斯（Bel-Abbès）[9] 的聘書時，面對此一看似天長地久的落腳處，一切突然消退了。我拒絕了這個教職，想必是相較於得到人生中真正的機會，可以安定下來還是不算什麼。面對這種枯燥沉悶的存在方式，我退縮了。如果我熬過了剛開始的那段日子，可能就不會不甘心了吧！危險的就是這個。我當時很害怕，怕孤獨和一成不變。拒絕了這樣的人生，讓自己和人們口中的『前途』絕緣，繼續待在不穩定和貧困裡，直到今天我仍不曉得那是勇氣還是懦弱。但我至少可以確定的是，如果會發生衝突，那是因為有什麼東西值得我們這樣。除非在深入了解以後……不。會讓我想逃的，無疑的不是怕讓自己定下來，而

9　卡繆曾獲聘為西迪貝勒阿巴斯（Sidi Bel-Abbès）中學的教員。——原編註

是怕自己會定在一種毫無美感的東西裡面。

　　那麼，我有沒有能力去完成那些別人所謂的『認真的』事情呢？我懶惰嗎？我認為不是，而且我也向自己證明了。但我們有權只因個人好惡就拒絕辛苦工作嗎？我想懶散只會分解那些沒有脾氣的人。如果我連脾氣也沒有，那我就只剩下最後一個解決辦法了。」

十月十日

　　有或沒有價值觀。創造或不創造。在第一種情況下，一切都可以被正當化。一切，沒有例外。在第二種情況下，就是完全的荒謬了。那就只能選一個最好看的自殺方式：結婚＋朝九晚五，或左輪手槍。

　　前往瑪德鄰的路上——在如此美麗的大自然前，還是那對單純的巨大渴望。

十月十五日

季侯杜[10]（總算）「一生靈的無知狀態乃對其所寄寓之天地之絕對適應者。」[11]

例如：狼的無知。

無知者即不解釋者。

❧

十月十七日

在卜利達[12]上方的路上，那夜的恩慈和冥思，好像某種乳汁和某種甜點似的。清晨，山和它滿頭又直又短的秋水仙——冰涼的山泉——陰影和日頭——我原本聽話後來又不合作的身體。全力集中的前進，吸進肺中的氧好似燒紅的鐵或鋒利的剃刀——拚命想克服這道斜坡，一切都貫注在此一企圖超越自己的行動上——就像透過身體來認識自己一樣。身體是文化的實際路徑，它讓我們看見了人的極限。

---

10 季侯杜（Giraudoux）：一八八二～一九四四，法國作家。——譯註

11 卡繆曾於一九三八年在阿爾及爾共和報（Alger-Républicain）上發表過一篇針對季侯杜短評。——原編註

12 卜利達（Blida）：位於阿爾及利亞北部的大城。——譯註

圍繞著自然據點形成，老死不相往來的村落。一些著白色長衫的山民，動作乾淨俐落，背景是一逕湛藍的天。小路邊長著刺梨仙人掌、橄欖樹、角豆樹和棗樹。碰到幾個趕著驢子的男人，驢背上滿載著橄欖。棕色的臉龐和淺色的眼珠。而從人到樹、從勞動到山陵，滋生出一種既悲壯又喜悅的契合。這是希臘嗎？不，是加比利[13]。這就好像整個海拉德[14]突然穿越了數世紀的時空，從海邊被搬到山上，再現它古時的風采，幾乎未曾因為比較靠近東方而更懶散或更對命運更加服從。

十月十八日

　　九月，角豆樹在整個阿爾及利亞散播著一種愛的氣味，就彷彿整個大地在獻身給太陽之後，腹中受到一股聞起來像杏仁的精液的潤澤。

13　加比利（Kabylie）：阿爾及利亞北部的一個區域，加比利人是柏柏爾人的一支。──譯註

14　海拉德（Hellade）：希臘的古地名。──譯註

在前往西迪布拉因（Sidi-Brahim）的路上，剛下過雨，愛的氣味從豆角樹上飄下來，沉重而抑鬱地，裡頭的水氣整個往下壓。陽光接著恢復了亮麗，水氣被蒸乾，愛的氣味又變得輕盈了，幾乎聞不出來。就好像悶熱的下午過後，和情婦外出上街，她望著你，兩人肩並肩，周圍都是光亮和人潮。

✣

赫胥黎（Huxley）：「總而言之，做一個和別人都一樣的好布爾喬亞，強過當壞波希米亞或假貴族，或二流的知識分子……」

✣

十月二十日

他無論如何一定要得到幸福，不厭其煩地追尋[15]。雖然說我們的內心不是不能容下任何一絲的憂鬱，但有一種絕對要去除的，就是這種凡事皆難皆宿命的傾向。和朋友在一起很快樂，和這個世界也沒有衝突，遵循一條必死的道路去獲取幸福。

---

15 《快樂的死》中的一段。——原編註

「您面對死亡的時候一定會發抖。」

「是的，但我就可以完滿地完成任務，那就是活著。」不接受世俗的作法和上班時間。不放棄。永遠不要放棄——永遠堅持更多。即使在上班時間內，也要保持清醒。嚮往那種一旦我們獨自面對這個世界，就會身陷其中的赤裸狀態。但最重要的是，要存在（être），就別去尋求顯現（paraître）。

十月二十一日

窮人出門旅行，比起那些「被追捕的旅客」[16]，尤其需要更多的精力。搭船只能買甲板上的位置，抵達時已身心俱疲，坐三等艙慢慢走，經常每天只吃一餐，錙銖必較，時刻擔心有什麼意外來打斷一趟已是如此艱辛的旅程，這一切都需要某種把那些對「離鄉背井」的說教當耳邊風的勇氣和意志。旅行並不愉快，也不輕鬆。而且，如果你很窮，沒錢，卻又夢想著出門旅行，那就得要有不怕困難的決心和對未知的熱愛。然而，細

16「被追捕的旅客」（voyageur traqué）：作家蒙泰朗之語，指一種內心空虛以致不斷旅行的心理狀態。——譯註

究起來，這樣的旅行一定不會只是為了好玩，而且我打賭紀德和蒙泰朗絕對不會遺憾沒有買到那種必須在同一個城市待上六天的折價火車票。不過我也很清楚自己其實也看不到蒙泰朗和紀德看得到的那些東西——因為火車票比較便宜的關係。

❧❧

十月二十五日

蜚短流長——裡頭那種難以忍受和羞辱人的東西。

❧❧

十一月五日

艾爾凱達墓園[17]。陰霾的天、滿山的白墳和對面的大海。潮溼的土壤和樹木。白色墓碑間的鴿子。一朵孤單的天竺葵，顏色難說是粉紅還是紅。一股迷茫而沉默的巨大哀傷，讓死亡那張美麗純潔的臉龐變得親切起來。

❧❧

---

17 艾爾凱達墓園（El Kettar）：阿爾及爾的一個公墓，建於一八三八年，專門用來埋葬外地人和無名屍的萬人塚。——譯註

十一月六日

前往瑪德鄰的路上。樹木、泥土和天空。啊！從我的手勢到這顆最先出來等著我們回家的星星，既那麼地遙遠又那麼地有默契。

十一月七日

人物。A. M.。殘障人士——雙腿截肢——身體有一邊麻痺。[18]

「我日常起居都需要協助。要人家扶我起來。幫我擦乾淨。我已經快聾了。所以說，我絕對不會動手去縮短一個我如此信賴的人生。我甚至接受更糟的。變成瞎子並失去一切感覺——失聰並和外界完全隔絕——只要我還能感受到內心那把既黯淡又熾烈的火，那就是我，活著的我——還是感謝生命，讓我還能燃燒。」

---

[18] 這個人物是札克爾（Zagreus），在《快樂的死》一書中被主角梅爾索暗殺身亡。——原編註

十一月八日

　　在這街區的電影院裡，有人在賣薄荷糖，糖果紙上面寫著：「妳有天會嫁給我嗎？」「你愛我嗎？」答案是：「今天晚上」、「非常」等等。我們把糖果遞給坐在旁邊的女孩，她們的作答方式就跟糖果紙上寫的一模一樣。有些人的一生就在交換薄荷糖的時候找到了歸宿。

❧

十一月十三日

　　切維克林斯基[19]：「之前我總是因為恨而採取行動。現在的情況好多了。為了得到快樂而行動？如果我該定下來，不如就在這個我喜歡的國度裡定居？但情感式的預期通常是假象──通常。所以說應該要用自己覺得最容易的方式去過日子。寧可驚世駭俗，也不強迫自己。這樣雖有點犬儒，但世間最美麗的女子皆如此見事。」

　　沒錯，但我不敢說一切情感式的預期都是假象。它不過是

不理性而已。總之，我唯一感興趣的，是那種一切正如預料之中的經驗。為了快樂而去做某事，並因而感到快樂。吸引我的，是這種外界和我之間的連結，這種彼此的映照可以讓我的心來指導我自己的快樂，直到一定的極限上，然後這個世界再決定究竟要成全或摧毀它。

Aedificabo et destruam（〔拉〕吾立之且吾毀之），蒙泰朗說。而我更喜歡：Aedificabo et destruat（〔拉〕吾立之且彼毀之）。所以不只是自己跟自我在那邊唱雙簧。而是和這個世界有所互動。這和謙不謙卑有關。

゜∾

十一月十六日

他說：「每個人生命中都要有愛，一種大愛，因為這樣就可以有藉口不用去面對那些令人不堪負荷、說不出緣由的絕望。」

゜∾

十一月十七日

「幸福的意願」。

第三部分。幸福的實現。

連續好幾年。季節轉換中的時光流轉，除此之外別無其他。

第一部分（結尾）。殘障人對梅爾索說：「錢。是一種精神性的附庸風雅，讓人願意試著去相信沒有錢也可以過得很快樂。」

M回到自己家中，在這些事實的放大鏡下檢視他這一生中歷經的風風雨雨。答案是：好吧！

對一個「出身好」的人，快樂就是再去踏上和所有人一樣的命途，但並非抱著看破紅塵的心態，而是追求幸福的決心。快樂需要時間，很多的時間。幸福也是，要有很大的耐性。而時間，被我們那種對錢的需求偷走了。時間可以買。任何東西都可以用錢買到。有錢，就是該我們快樂的時候，不會沒有時間。[20]

十一月二十二日

付出一小部分的人生以免喪失整個生命，是很正常的。每

---

[20]《快樂的死》中的一段。——原編註

天六到八個小時，免得餓死。何況，想占便宜的人，到處是便宜。

※

十二月

　　玻璃窗上油墨似的雨珠，馬蹄的空心迴響，悶聲下個不停的大雨，一切都長著一張過往的臉，臉上的鬱鬱寡歡滲進了梅爾索的心內，像雨水跑進他溼透的鞋子裡，像寒冷侵蝕他那兩只薄褲子下的膝蓋。一朵朵烏雲，從蒼穹的最深處不斷到來，一朵消散了，另一朵又立刻補上來。這一陣陣從天而降的水氣，非霧非雨，彷彿一隻手，輕輕地擦拭著M的臉，讓他的黑眼圈看起來更加明顯。他褲腿上的褲線摺子已經不見了，而跟著一起消失的，是那種一個正常人身處於一個專為他打造的世界裡時會有的熱血和信心。[21]

　　（在薩爾斯堡）

※

---

21 《快樂的死》中的一段。——原編註

對瑪特（Marthe）的嘲諷──離開她。

⌘

那傢伙本來前途無量的，最後還是到辦公室裡去辦公[22]。除此之外，他也不做其他事，回到家，邊抽菸邊等著晚餐時間到來，吃過又去躺下，一直睡到第二天。禮拜天的話，他會很晚才起床，然後倚在窗前，看雨或看陽光，路人或空無一人。這樣可以過一整年。他在等，等著死掉。前途有什麼用，既然無論如何……

⌘

政治及人們的命運，是由一些沒有理想也不偉大的人在做決定的。真正情操高尚者，不會去從政。餘者皆然。不過現在的問題是如何從內在來創新自己。如何讓行動者也是有理想抱負的人，讓詩人也懂得經營工廠。如何實踐自己的夢想──讓它們發動。從前，我們放棄作夢或在夢中迷失。應該不要在夢

---

[22] 《快樂的死》中的一段：之後《異鄉人》的頁三四－三八，一九四七年版，也是從此處得來的靈感。──原編註

中迷失，也不要放棄。[23]

∽∾

我們沒有時間做自己。我們只有時間來快樂。

∽∾

奧斯華・史賓格勒的《西方的沒落》：

壹、形式和現實：

「我認為了解這個世界就是要有跟它一樣的水準。」

「會去下定義的人，不曉得什麼是命運。」

「人生中除了因果性的必然──我稱之為空間邏輯──之外，還存在著命運的那種有機式的必然──時間邏輯⋯⋯」

希臘人對歷史的無感。「從古希臘羅馬時期一直到希波戰爭[24]的歷史，基本上是一種神話思想的產物。」

埃及人的柱子原本是用石頭做的，而古希臘的陶立克柱用的則是木頭。古希臘之魂藉此表達出其對時間的敵意。「埃及

23　這一段後來被用在加利古拉中。──原編註

24　公元前五世紀初希臘城邦和波斯帝國之間的一連串衝突。──譯註

文化是憂慮的化身」。希臘人則是快樂的民族，沒有歷史。

　　神話及其反心理主義的義涵。相反地，在西方精神歷史的源頭，某種私密性質的自我分析元素即已就位，這就是西方的「新生」[25]。（參考大異其趣的海拉克勒斯〔Héraclès〕神話元素：從荷馬一直到塞內克〔Sénèque〕的悲劇都沒有變化。一千年。換言之：古代＝現在。）

　　譬如：「機械式自鳴鐘是德國人發明的。這種象徵著光陰不斷流逝的可怕裝置，其鳴響日以繼夜地從無以計數的鐘樓裡傳出，在整個西歐的上空迴盪。這前所未見的現象，也許是一種對宇宙的歷史感的最大規模體現。」

　　「西歐文化裡的人，被賦予了歷史感。但我們不是通則，而是一個例外。」

　　愚蠢的模式：古希臘羅馬——中世紀——現代。

　　「對伊斯蘭世界而言，超人的涵義是什麼？」

　　「文明是文化的宿命。於是古羅馬繼承了古希臘。希臘靈魂和羅馬智慧。從文化過渡到文明，於古希臘羅馬時代完成於

25　新生（Vita Nuova）：這裡指的是但丁的同名詩集，內容主要是詩人對其早逝的初戀對象碧翠絲無瑕之思慕和懷念。——譯註

第四世紀，在西方則於十九世紀。

對城市居民而言，我們的文學和音樂即是如此。

也因為這樣，我們才會把哲學史當成整個哲學唯一嚴肅的題目。

整個問題：

歷史和自然的對立

數學歷史

以及繪畫（待商榷）

十二月

令他感動的，是她抓住他衣服的那種方式，她抓著他的手臂跟著他走，那種全然的信賴讓身為男人的他頗為動容。而且，她也不說話，因此可以更專心在她的一舉一動上，這讓她看起來更像一隻貓，再加上她那已經夠肅穆的吻……

夜裡，他的指尖輕觸她冰冷而突出的顴骨、微溫的唇，把指頭伸進去[26]。當下這在他內心就像一個無私並熱血的吶喊。面

---

26 《快樂的死》中的一段。──原編註

對著這個要被星星擠爆的夜，這個城市，好像一片倒過來的天，漲滿了人工光線，一陣長長的暖風從港口那邊吹過來，拂在他臉上，他突然很渴望那股微溫的泉，無法抑遏地想在這兩片活生生的唇上面，找出這個不仁的、沉睡的、就像她嘴裡含著的一股沉默般的天地還有什麼意義。他身子往前傾，覺得自己的嘴唇碰到的好像一隻小鳥。瑪莎在呻吟。他輕輕咬著她的唇，然後，一連好幾分鐘，嘴對著嘴，吸吮著這令他心神蕩漾的溫熱，彷彿整個世界都擁進懷裡了。至於她，像個溺水的人似地抱著他，在這個被人推下去的黑洞裡載沉載浮，那兩片唇被推開後又會立刻黏上來，她於是再度墜入一片又冷又黑、宛如一群天使般讓她渾身著火的水中。

十二月

一個懂得遊戲規則的男人，跟女人在一起時絕對不會無聊。女性是很好的觀眾。

無聊的事情總是一開始就會讓人覺得無聊。然後，就是死

了。「我永遠沒法過這樣的日子」；但這種日子就是要過過才能接受。

❦

小說。第一部。紙牌遊戲[27]。對話。

「我們這些佐阿夫……」

「跟我丈夫……」

一個黑人：「我覺得你好噁心。我覺得你好噁心。我這就告訴你為什麼。因為你就是個小小的悶葫蘆。我啊我討厭小悶葫蘆。你根本不會生活。」

（聖拉斐爾公園〔Parc Saint-Raphaël〕）

小說。標題：純真之心

地上的快樂人們

金色光芒

❦

「您見過很多會把主動投懷送抱的美女往外推的『多情男

---

[27] 布里斯克（Brisque）：一種牌戲。——譯註

子」嗎？就算有這種人，也是因為沒有主張的關係。」

「那種完全不是認真的關係竟被您說成是有主張。」

「沒錯。（至少就您所認定的這種『認真』而言）」

❧

小說。第一部。

札克爾（Zagreus）位於郊區鄉間的住宅。謀殺。屋裡暖氣太強。梅爾索覺得耳朵發紅，無法呼吸。他出來時都鼻塞了（這病後來置他於死地）。

第四章：和Z的談話。從「無所謂」談起。

「好吧！」Z說：「可是您如果有在上班的話，就不能這麼做了。」

「沒錯，因為我現在正處於一種叛逆的狀態中，而這樣很不好。」

……基本上，M說：「我是個狂熱的危險分子。」

❧

小說。第四部分。一個消極的女人。

「錯就錯在，」M說：「以為應該要選擇，應該要去做自己

想做的事，以為有些狀況可以讓人得到幸福。幸福是就是，不是就不是。重要的是幸福的意願，一種永遠不會消失的強烈意識。其他的，什麼女人、藝術品、世俗成就，都不過是藉口罷了。一張等著我們把花色繡上去的底布。」

小說。第三部分[28]。

過了不久，梅爾索就說要走了。他打算先去旅行，然後會在阿爾及爾附近定居下來。一個月之後，他就回來了，確定從今以後旅行對他來說是一種已經結束的生活方式。他覺得旅行其實是一種不能讓人安心的幸福。M要找的不是這個，而是一種有意識的幸福快樂。他覺得自己病了的同時，也曉得自己要什麼了。於是他再度地準備離開那棟臨海之屋。

三八年二月

這裡，人們對命運都很敏感。這就是他們的不同之處。

---

[28] 《快樂的死》中的片段。——原編註

因不完全一樣而痛苦，因完全一樣而感到不幸。

三八年二月

在人對己身處境的某種抗議行動中，可以見到完整的革命精神[29]。在此一情況下，以各種不同形式展現出來的革命精神，正是藝術與宗教唯一永遠關心的題目。一場革命到最後反對的總是神——遠從普羅米修斯[30]的反叛開始。這是一種人類反抗自身命運的宣示，至於那些暴君和中產階級的小丑，不過是讓人師出有名罷了。

這樣的精神，無疑地我們也能從人的歷史性壯舉中找出來。但還是需要像馬羅爾那樣的激情，方不至於對那種想要證

---

[29] 此段省思和馬爾羅對於革命與藝術的概念可謂不無關聯，亦預示了日後《反抗者》（*L'Homme révolté*）一書的主旨。——原編註

[30] 普羅米修斯（Prométhée）：希臘神話中的泰坦神，因違抗宙斯旨意盜火給人類使用而受到嚴罰。——譯註

明什麼的意志讓步[31]。這樣的精神在其本質與其際遇中更易尋得。正因如此，一件描繪如何追求幸福的藝術作品，將是一件革命之作。

❧

在有限中尋找一種無限。

❧

三八年四月

一個工作人的處境和一個立基於一群工作者的文明中那種齷齪和可悲的東西。

但重要的是要挺住，不要鬆手。通常一般人的反應是下班之後從事其他活動，拉來一群觀眾，贏取一些不值錢的讚美，找到一個懦弱和演戲的藉口（大部分的家庭都是為此而成立的）。另外一個必然的反應是侃侃而談。此外這些都還能湊在一起，如果再加上不修邊幅也不知保健養生，頹廢喪志。

---

31 馬羅爾嘗言：「會讓一件藝術作品受到破壞的不是熱情，而是證明的意志（volonté de prouver）。」——譯註

　　所以首先要閉上嘴巴——不要觀眾了，學著自我評斷。專注保養身體之餘亦不忘追求人生的意義。放下一切身段，致力於一種雙重的解放——對於金錢以及對於自己的虛榮和怯懦。生活要有規律。花兩年來想通一件事其實不算浪費人生。要把之前的那些習慣改掉，先全心全力地記取教訓，然後再耐性地去學習。

　　若肯付出這樣的代價，就有十分之一的機會可以避免這種最齷齪、最可悲的：工作人的處境。

四月

　　寄出兩篇散文。加利古拉。毫無重要性。不夠成熟。在阿爾及爾出版。

　　繼續寫：哲學和文化。專心準備論文。

　　不然就是生物＋教師資格考。

　　不然就是印度支那。

　　每一天都要在這本簿子上做筆記：兩年後寫出一個作品。

三八年四月

梅爾維爾（Melville）[32]原本是個冒險家，後來在辦公室裡終老。他死時沒沒無聞、身無長物。一個人如果孤單又孤立（這兩種不能混為一談），最後可能連惡毒和譭謗的力氣都沒有了。但心裡還是得隨時提防著惡毒和譭謗。

五月

尼采（Nietzsche）。譴責將基督教從凱撒・博吉亞[33]式的生活與愛之原則中拯救出來的宗教改革。教宗博吉亞最後還是證明了基督教有理。

---

32 卡繆後來寫了一篇專論梅爾維爾的序，梅氏名著《白鯨記》（*Moby Dick*）的小說技巧曾影響《鼠疫》。——原編註

33 博吉亞（César Borgia）：義大利文藝復興時代的一位統治者，家族中出過兩位教皇，本身也擔任過樞機主教，博吉亞家族據稱淫亂無度，凱撒博吉亞為人則凶殘陰險，然其不擇手段的行事方法卻受到馬基維利的大力讚揚。——譯註

一個觀念吸引我的，是其中那種刺激和前所未見的成分——那種新鮮而膚淺的東西。不得不承認這點。

❧

C是那種喜歡收買，對每個人都承諾太多卻從不兌現的人。他就是需要獲取、贏得別人對他的愛和友誼，但自己卻沒有辦法做任何的付出。很好的小說人物，可悲的朋友形象。

❧

場景：丈夫、妻子和一群人。

那丈夫頗有些立場，喜歡出風頭。妻子都不說話，但會用一些無情的短句，來拆她那親愛的丈夫的臺。一直以來都是這樣在凸顯她的高人一等。丈夫都忍住了，但會覺得受到屈辱而痛苦，於是開始恨起妻子來了。

譬如：笑著說：「老伴兒，不要讓自己看起來比您實際上的還笨好嗎？」

人群起了一陣騷動，傳出尷尬的笑聲。他臉脹得通紅，走過去吻她的手，笑道：「您說的是，親愛的。」

面子是保住了，但恨也更濃了。

❧

　　我還記得當我母親跟我說，現在我已經夠大了，新年時可以開始送我一些有用的禮物時，內心所感受到的那股尖銳的絕望。一直到今天，每當我收到這一類的禮物時，私下還是會忍不住緊張起來。當然我很清楚她那樣跟我說是因為愛我，但為什麼愛有時會說出這麼瞧不起人的話呢？

❧

　　同樣一件事情，我們早上和晚上的看法都會不同。但真相在哪裡，在靜夜的思維還是正午的精神裡？不同類的人會有不同的答案。

❧

五月

　　一個老人院裡的老太太死了[34]。她一個認識了三年的女友在哭，因為她「現在什麼都沒有了」。那小小停屍間的看門人是

---

34 《異鄉人》的片段。——原編註

從巴黎來的，跟他老婆住在那兒。「誰料得到他七十四歲時，會淪落到馬虹溝（Marengo）的老人院裡等死？」他兒子混得還不錯。從巴黎過來探視。他媳婦不想把老人家接回去。吵了起來。老頭竟然「對她動手」。他兒子又把他們送回老人院。那個收屍的，也是死者的朋友。他們從前偶爾晚上會一起到村子裡去。那小老頭很堅持要一路送她送到教堂和墓園去（兩公里）。但因為他腿瘸了，跟不上送葬隊伍，落後了二十公尺。幸好他認得這一帶鄉間，抄了好幾次近路，讓他趕上了隊伍兩、三次，直到又遠遠被拋在後頭。

那個負責把棺材釘上的護士是個摩爾人[35]，鼻頭上長了一個膿瘡，頭上一年到頭綁著一條布帶。

死者還有好幾個朋友：有說謊癖的小老頭和小老太婆。過去的一切都是美好的。一個跟另外一個說：「您女兒還沒給您寫信嗎？」「還沒哪！」「她總不能忘了自己還有個媽吧！」

這個老太太則是死了──像在對所有人發出一種預示和警告。

---

[35] 在法國殖民時期，「摩爾人」（mauresques）指的是阿爾及利亞的原住民。──譯註

❧

六月

關於《快樂的死》：一連來了好幾封分手信。人盡皆知的說法：因為我太愛你了。

最後一封：條理分明的上乘之作。然而其中的演戲成分還是不計其數。

❧

結尾。梅爾索去喝酒。

「喔，」賽勒斯特（Céleste）[36] 說，一面擦著吧檯，「你老了，梅爾索。」

梅爾索驟然停住，放下酒杯。他望著吧檯後面那面鏡子裡的自己。這是真的。

❧

---

36 賽勒斯特（Céleste）：這個人物在《快樂的死》和《異鄉人》中都曾經出現過。——原編註

阿爾及爾的夏日。[37]

青空中的那一束黑色飛鳥是給誰的？又盲又聾的夏日，正在慢慢滲入，賦予了那些雨燕的啼聲和報紙小販的叫賣聲一種更純粹的意義。

❧

六月。關於夏日：

（一）佛羅倫斯歸來，阿爾及爾。

（二）加利古拉。

（三）夏日即興曲。

（四）論劇場。

（五）論四十工時。

（六）重寫小說。

（七）荒謬。

❧

關於夏日即興曲：

---

37 《婚禮》的筆記。——原編註

——觀眾。

——嘿！

——觀眾。

——嘿！

——你真是難得，觀眾。

——難得？怎麼說？（他回過頭。）

——就難得啊！你的數量並不多。你只有幾個。

——我們能來的都來了。

——當然。像你這樣，對我們就夠了。

෬෪

小說

「我得承認我有些很嚴重的缺點，」貝爾納[38]說：「譬如，我會撒謊。」

「？」

「哦！我清楚得很。有些缺點是人們永遠不會去承認的。其他的認了也不會怎樣。要裝出那種卑微的口吻，當然！『沒

---

38 貝爾納（Bernard）：《快樂的死》中的醫生。——原編註

錯，我是愛生氣，我是貪吃。」就某方面而言，這會讓他們覺得舒坦。可是撒謊、虛榮、善妒，這就不能承認了。只有別人才會這樣。何況，承認自己愛生氣，其他的就都不用說了。對一個願意隨時檢討自己的人，您不會再去給他找別的缺點，不是嗎？

我，我是個沒有優點的人。我可以接受自己。自此一切都變得如此簡單。」

ം∾

加利古拉：「我是個簡單的人，這點你們永遠無法明白。」

ം∾

論四十工時

我們家裡是：工作十小時。睡覺。星期天─星期一──沒事幹：人就唉聲嘆氣。人最大的悲哀，是他竟然會去哀求，去盼望那個羞辱他的東西（競爭）。

ം∾

「最近大家常討論的工作尊嚴，以及它的必要性。特別是

紀努先生[39]，對這個問題有著非常精闢的看法……」

　　但這根本是一種愚弄。工作尊嚴只存在出於自願的工作裡面。所以唯一可以當成道德標準的是無所事事，因為我們可以用它來評斷一個人。平庸的人要是無所事事就完蛋了。這就是它的教訓和偉大之處。相反地，工作會把所有的人都壓扁。工作不能當成判斷的標準。它只會讓人開始去追究自己何以受辱的形上原因。在目前這種講究思想正確的社會裡，工作被賦予的那種奴役形式讓最優秀的人也無法倖存……

　　我認為我們應該把傳統的公式倒過來，把工作變成無所事事的一種結果。在那些星期天箍的小酒桶裡，有著某種工作尊嚴。因為工作在此成了一種遊戲，而遊戲規則是那種可以做出藝術作品，甚至創造出一切的技術水準……

　　我知道這個誰聽了會嚮往，誰又會嗤之以鼻。那又如何，我的工人一天還是賺四十法郎……

　　每個月底母親都會振奮人心地笑著說：「今天晚上我們可以喝咖啡加牛奶。偶爾，也是要變化一下……」

39　紀努先生（M. Gignoux）：當時的一個主張自由市場的經濟學家。
　　——原編註

但至少他們還可以在那作愛。

❧

現在唯一還有可能的博愛，唯一還在供應並被允許的，是去為國捐軀時那種既骯髒又黏膩的博愛。

❧

六月

電影院中，那個從瓦赫蘭[40]來的小婦人和她丈夫。主角的悲慘遭遇讓她哭得淚如雨下。她丈夫拜託她別哭了。她邊哽咽邊說道：「好啦！你就讓我好好享受一下。」

❧

快樂的死：

火車上，札克爾就坐在他的對面。只是他平常披的那條黑色圍巾不見了，取而代之的一根顏色很淡的夏天領帶。（謀殺行動過後，回到他的公寓中。什麼都沒動。只掛上一面新的鏡

40　瓦赫蘭（Oran）：阿爾及利亞西北部的大港市。——譯註

子。）

❧

所有聰明人都會受到的共同誘惑：憤世嫉俗。

❧

這個世界的悲慘和偉大：不給我們任何真相，但許多愛。
荒謬當道，愛拯救之。

❧

連載小說中有一種特殊的心態。不過那種心態很慷慨。它
不會去計較細節。也讓人賒欠。正因如此，所以它是錯誤的。

❧

老婦人的新年新希望：我們要的不多：就工作和健康。

❧

人有種奇怪的虛榮心，想讓別人或自己相信他嚮往的是真
理，但其實他有求於這個世間的是愛。

❦

這是一個難以察覺並理解的事實：我們可以比很多人優秀，但無法因此而高人一等。而真正的優越是⋯⋯

❦

八月

一個面向庭院的房間 —— 通到第二個完全靠它採光的房間，然後第二個房間又通到第三個沒有窗戶的房間。在那個房間裡，擺了三張床墊。三個人睡在上面。但因為這房間最大的寬度比床墊的長度還窄，所以他們只好把床墊一端靠在牆上，身子拱起來睡。

❦

一個瞎子跟他的瞎子朋友，半夜一點到四點間出門。因為他們很確定不會在街上碰到任何人。即使撞到路燈，也可以很自在地笑出來。他們笑。如果是白天，別人的同情心會讓他們笑不出來。

「這可以寫下來，」瞎子說：「不過不會有人感興趣就是。

一本書會有趣，裡頭一定要有什麼悲慘的遭遇。問題是我們過得一點也不悲慘。」

❧

寫作的話，總是要言猶不及（與其說得太過）。總之不要喋喋不休。

「實際的」孤獨是最不文學的經驗之一——和我們想像中的那種有文藝氣息的孤獨相去千里。

參照：所有苦痛裡頭那種貶抑人的東西。不要讓自己淪落空洞。努力去克服和「填滿」。時間——不要浪費

❧

唯一可能的自由，是面對死亡的自由。真正的自由人，在接受死亡實相的同時也接受了它的後果——亦即一切傳統生命價值的顛覆。伊凡・卡拉馬助夫[41]所謂的「一切皆被允許」，是這種前後一致的自由的唯一說法。但須深究其義。[42]

---

41 伊凡・卡拉馬助夫（Ivan Karamazov）：俄國作家杜斯妥也夫斯基名著《卡拉馬助夫兄弟們》中的二哥，狂熱的理性主義者。——譯註

42 這一段後來用在《薛西弗斯神話》中。——原編註

〜〜

一九三八年八月二十一日

「只有那些曾歷經『現在』的人真正知道什麼是地獄。」
（雅各・瓦塞曼）[43]。

〜〜

摩奴法典[44]：

「婦人的嘴，少女的胸，孩子的禱告，獻祭的菸，永遠純
潔。」

〜〜

關於有意識的死亡，參見尼采《偶像的黃昏》（*Crépuscule
des Idoles*），頁二〇三。

尼采：「如果說最有靈性的人最勇敢，那麼最痛苦的悲劇

43　雅各・瓦塞曼（Jacob Wassermann）：一八七三～一九三四，德國猶
　　太作家和小說家。——譯註
44　摩奴法典（Lois de Maou）：闡明印度教倫理規範得一部法論。——
　　譯註

就是注定要讓這些人去經歷。正因如此，他們都對生命都不敢小覷，因為生命對他們展現了最大的敵意。」（偶像的黃昏）

尼采。「當我們見到美的時候心裡想要的是什麼呢？希望自己也是美的。我們可以想像有多少的快樂都寄託在這上面，但這是個錯誤。」《人性，太人性》（*Humain, trop humain*）

空中布滿了凶殘而可怕的鳥隻。

人生想要過得更快樂，就必須盡量去見證其中的悲劇性。真正具有悲劇性的藝術作品（如果這也算是種見證的話），應該都是幸福的人創作出來的。因為這一類作品的靈感全來自死亡。

氣象學方法。氣溫每分鐘都在變化。但這樣現象變化太

大，無法用數學概念來定義。氣象觀測在此代表著一種對現實的斷章取義。而唯有平均值的觀念可以把這樣的現實呈現出來。

✥

伊特魯里亞（Étrusque）書目：

柯尼葉（A. Grenier）：伊特魯里亞研究，古文明期刊第九卷（Recherches Étrusques dans la Revue des Études Anciennes），一九三五，頁二一九

諾加拉（B. Nogara）：伊特魯里亞人及其文明（Les Étrusques et leur civilisation），巴黎，一九三六

德惠特（Fr. de Ruyt）：沙龍，伊特魯里亞的死亡之魔（Charon, démon étrusque de la mort）（出處待考）

✥

貝勒庫爾[45]

---

[45] 貝勒庫爾（Belcourt）：阿爾及爾的貧民區，卡繆在那兒度過他的童年。——譯註

　　那個年輕女人的丈夫要午休，不許孩子吵他。一房一廳的公寓。她在飯廳的地上鋪了毯子，靜悄悄地跟孩子玩，好讓男人睡覺。她沒把樓梯間的門關上，因為天氣很熱。有時她自己也睡著了，我們經過時可以看到她，仰臥在地，孩子們圍在旁邊，靜靜地看著這副軀體的微顫。

貝勒庫爾

被開除了。不敢跟她說。東拉西扯。

「那好吧！以後我們晚上喝咖啡就好了。偶爾也是要改變一下。」

　　他望著她。他讀過很多貧困的故事，裡面都會有個「勇敢的」女人。她沒有笑。她又走回廚房裡。勇敢？不，認命。

　　那個已經沒有在打了的拳擊手，夭折了一個兒子。「我們活在這個世上是為了什麼？還要這樣一直做、一直做。」

貝勒庫爾

R的故事[46]。「我之前認識一個太太……講白一點就是我的情婦……我發現她會騙我：彩券的事（這是妳買給我的嗎？）、套裝的事和她妹妹的事。鐲子的事還有其他的『線索』。

算算是一千三百法郎。這樣她還不夠。『妳怎麼不去做半天工？這些小東西妳可以自己出，我就輕鬆多了。我給妳買了套裝，每天還有二十法郎零用。我幫妳付房租，而妳，妳下午都在跟妳的姊妹淘喝咖啡。妳還給她們咖啡跟糖。錢還不都是我給的。我對妳那麼好，妳卻恩將仇報。』」

他問人怎麼辦。他「對他這妍頭還是有感情」。他想給她寫一封可以「狠狠地踹她幾腳」的分手信，一些「讓她會後悔的東西」。

譬如：「妳就是圖下面爽快而已，妳就只想這個而已。」然後再：「我還以為……」等等。

「妳看不出那些人，他們都在妒忌我給妳的幸福。」

---

46 這一段筆記後來成為《異鄉人》中雷蒙（Raymond）的故事。——原編註

「我會打她，但說來也不過輕輕碰一下而已。她如果叫喊，我就把窗板關上。」

就算只是女朋友也一樣。

他要的是她回頭來找他。這種羞辱對方的欲望讓他成了某種悲劇人物。他打算帶她去旅社開房間，然後叫風化警察來。

一幫朋友和啤酒的事。「你們這些人，還說你們是道上的。」「他們跟我說，如果我同意的話，他們就去讓她破相。」

外套的事，火柴的事。

「妳到時就明白我曾讓妳有多幸福。」

那是個阿拉伯女人。

࿇

主旨：死亡的世界。悲劇作品：快樂的作品[47]。

「……可是，梅爾索，從您的語氣聽來，我覺得您對這樣的人生並不是很滿意。」

「我不滿意那是因為我覺得它被奪走了——或者說，我太滿意我的人生了，以至於非常害怕失去它。」

---

[47] 《快樂的死》中的一段。——原編註

「我不明白。」

「您不想明白。」

「也許。」

過了一會兒，帕提斯要走了。

「可是，帕提斯，還有愛啊！」

他轉過身，一張被絕望腐蝕的臉。

「是啊，」帕提斯說：「但愛是屬於這個世界的。」

老人院（穿過田間的老人）[48]。葬禮。太陽把路面的柏油都融化了——腳踩下去，黑色路面就皮開肉綻的。有人開始覺得這坨污泥跟那馬伕的硬皮帽有點像。而所有這些黑，裂開柏油的黏黑，衣褲的暗黑，車廂的漆黑——太陽、皮革、馬糞、亮光漆和香的味道。疲倦。而另外那個，穿過田間。

他要去參加葬禮，因為她是他唯一的朋友。在老人院裡，人家像在跟小孩說話似地對他說：「是您的未婚妻啊！」他就笑，一副很高興的樣子。

48　這一段後來被用在《異鄉人》裡。——原編註

❧

人物。

A艾田（Etienne），「體格型」的人物；很注意自己的外表：

1西瓜

2生病（斑點）

3自然的需求——可口——熱騰騰，等等。

4他吃到好吃的東西就會開心地笑。

B瑪麗C.[49]。姊夫。住在一起。「房租是他在付」。

C瑪麗Es.。童年。在家裡的地位。眾人引以為傲的處女。亞西西的方濟各[50]。痛苦和屈辱。

D雷卡太太（Mme Leca）。同上。

E馬歇爾（Marcel），司機——及咖啡館的老婦。

❧

49　可能就是瑪麗・卡多納（Marie Cardonas）。——原編註

50　方濟各（Saint François d'Assise）：一一八二～一二二六，天主教方濟各會的創辦者，主張清貧生活。——譯註

我們所感受到的情感並不會改造我們，但是會讓我們有那種想要改變的念頭。所以愛並不能讓我們不再自私，卻可以令我們對此有所察覺，並讓我們開始嚮往一個沒有自私的遙遠國度。

∽∾

繼續對普羅提諾（Plotin）的研究[51]。

主題：普羅提諾的理性。

理性——不是固定的概念。

可以去研究理性在歷史中面臨存續或毀滅時如何對應。

參照：文憑。

這既是相同，也是不同的理性。

因為有兩種理性：

一是倫理的。

另一是美學的。

深入探討：普羅提諾的形象以及這種美學理性的三段論

---

51 一九三五年，卡繆獲高等哲學研究文憑（diplôme d'études supérieures de philosophie），論文題目是對聖奧古斯丁和普羅提諾思想中的古希臘文化和基督教關係之探討。——原編註

法。

形象和寓言：試著在具體事物那種難以形容的理所當然裡，注入情感中那無法言喻的東西。

一如所有的描述式科學（如蒐集事實的統計學），氣象學的大問題是一個實踐上的問題：那些沒有觀察到的數據要怎麼填上去？這時用來填補空白的插值法，根據的就是平均值的概念，並由此假設某種只為表現現象理性面的經驗，是可以加以普遍化和合理化的。

貝勒庫爾。在洗手間裡自殺的白糖投機分子。

一九一四年的德國家庭。平安無事地過了四個月之後。有人上門來找那個爸爸了。集中營。四年無消無息。但日子還是得過。一九年他回來。肺癆。幾個月就死了。

學校裡的小女孩們。

　　藝術家和藝術作品。真正的藝術作品是那種點到為止的。
一個藝術家的整體經驗和他的想法、人生（就某種意義而言即
他的「系統」——除掉這個字的系統性意涵的話）之間，有著
某種關聯，而作品正是這樣經驗的反映。如果藝術作品把整個
經驗都講出來，還包上一層文藝的流蘇，那麼此一關聯就是惡
劣的。但如果藝術作品只是從整個經驗中切削下來的一小塊，
像鑽石的一個切面，內蘊的光芒將無窮擴散。第一種是超載的
文學。第二種則是沃土般的作品，那些不言而喻的經驗正暗示
著它豐富的內容。

　　問題在於如何取得這種超出寫作技巧的處世之道（不如說
是經驗談）。到頭來，偉大的藝術家其實就是一個了不起的活
人（「活著」在這裡亦指思考生命——或說是經驗和因而產生
的意識之間的那種微妙關係）。

　　純粹的愛是死掉的愛，如果說愛一定會牽涉到戀愛，會需
要建立起某種新生活的話——在這樣的生活裡就只有一個不變
的參考值，至於其他的就要去取得共識了。

❧

思想總是跑在前面。它看得太遠，比只能活在當下的身體還遠得多。

拿掉希望，就是讓思想回歸身體。而且身體總有一天會腐爛。

❧

他躺下來，傻笑，兩隻眼睛閃閃發光。她覺得自己所有的愛都哽在喉頭，熱淚盈眶。她撲向他的雙唇，淚珠都教兩人的臉龐擠碎了。淚水也流進了她的嘴裡。而他，他咬著這兩片鹹鹹的嘴唇，像在咀嚼他們愛情裡的苦澀。

❧

造物者那無情的心。

❧

「我要是識字倒也罷！天一黑我也沒法子靠著燈光打毛線。只好去躺著等。一等兩個鐘頭，好久。唉！要是我孫女兒

在身邊多好，我就可以跟她說說話。不過我太老了。可能我身上味道不好聞吧！我孫女從不會來看我。所以，我就只能這樣了，一個人。」

2P.

　　今天，媽媽死了[52]。或者可能是昨天，我不曉得。我收到老人院的一封電報。「母親去世。明日安葬。謹此。」什麼都看不出來。可能是昨天……

　　就像門房說的：「平地上很熱。要儘快入土。尤其是這裡。」他跟我說他是巴黎來的，一度很難適應。因為，在巴黎，人死了有時還會在家裡停個兩、三天。但這裡，沒有那種時間。人才剛斷氣大家就得追著靈車跑。

　　……不過送葬的隊伍也走得太快了。日頭倒是掉得猛快。就像那個護士代表說的：「如果走得太慢，我們可能會中暑。走得太快，又會流得滿身大汗，然後再進去教堂裡面，容易著涼。」她說得沒錯。這事沒有解決辦法。

52《異鄉人》草稿。卡繆這時似乎已經找到這本小說的筆調。——原編註

葬儀社的人跟我講了一句我沒聽清楚的話。他不時把帽子舉起來，一隻手拿條手巾伸進去擦他的腦袋瓜子。我問他：「什麼？」他指了指天空，又重複一遍：「熱啊！」我說「對。」過一會兒，又對我說：「今天這個是令堂？」我說「是。」「她年紀很大了？」我說：「差不多。」因為我也不曉得確切的數字。然後，他就沒說話了。

三八年十二月

關於加利古拉：時空錯置（anachronisme）是劇場裡最討人厭的發明之一。這就是為什麼加利古拉整場戲都不講出那唯一一句他本來想說的正經話：「一個思考的人讓一切都荒蕪了。」[53]

加利古拉。「我需要我四周的一切都靜下來。我需要一切

---

53 這句話本來是法國詩人拉馬丁（Alphonse de Lamartine）寫的：「一個讓您思念的人，讓一切都荒蕪了。」——譯註

都沉默下來，然後我心裡頭那些可怕的擾攘都不要再發出聲音了。」

❧

I 5.

苦役場。參見報導。

❧

開會。鐵路局的老工人，儀容整潔，鬍子刮得很乾淨，手臂上一件小心翼翼地將蘇格蘭絨襯裡摺在外面的雨衣——皮鞋還上了油——在問開會地點「是不是這裡」，然後跟我說他每次一想到工人的前途就會非常擔心。

❧

醫院裡。醫生斷定只剩五天可活的肺結核患者。他決定搶先一步，用剃刀先割了自己的喉嚨。他沒辦法等這五天，顯然。

一個記者來採訪。「不要把這個登在報紙上吧！」那男護士說：「他吃的苦頭已經夠多了。」

࿓

　　一個愛著這世間的男人和一個愛他並非常確定可以跟他在永生相守的女人。兩人對愛的尺度並不相同。

࿓

　　死亡和作品。臨終前，他讓人念了他最後一部作品。但這仍不是他想說的。他叫人拿去燒了。他於是含恨而死——胸口有個東西碎了，像根斷掉的弦。

࿓

星期天

　　山中的暴風雨讓我們無法前進、無法喊叫，只能聽見狂風怒號。整座山林從下到上都在扭動。山谷上空，紅色的蕨類從這山飛到那山。還有那隻美麗的橘色的鳥。

࿓

　　那外籍兵在一家餐館的後間把情婦殺了的故事。他拽著屍體的頭髮走進膳廳，還走到街上去，在那兒被捕。他在那家餐

館有些股份，老闆不讓他帶情婦來。她還是跑來。他要趕她，可她不依。因為這樣他就把她殺了。

୬∾

火車上的小情侶。兩個都長得不好看。她拉著他，笑吟吟的，撒嬌，撩撥他。而他，兩眼無神，因在大庭廣眾之下被一個他並不引以為傲的女人愛著而感到尷尬。

୬∾

兩個「上流社會」的老記者，在警察局吵起來。旁邊圍了一圈看笑話的警員。老人生起氣，沒辦法用拳頭表達，只能化為一連串令人嘆為觀止的髒話：「臭大便」、「王八蛋」、「爛屄」、「皮條客」、「死龜公」。

「我，我還知道要愛乾淨。」

「跟我比，你還差得遠。」

「沒錯，差很遠很遠。你這人當王八只能排倒數第一名。」

「你再說一次，我就讓你頭破血流，拿鞋肏你屁眼。」

「你那點娘力，我用龜頭戳戳就破。因為我這人還曉得愛乾淨。」

❧

西班牙。那人去了黨部。想參加。盤問之下，原來是因為一些個人情感的不順遂。沒有人要他。

❧

人的一生中，有一點點的大情大愛和很多很多的小愛小情。如果可以選擇：兩種人生和兩種文學。

❧

但事實上，這是兩頭怪獸。

❧

男性之間會有的那種樂趣。那種很微妙的，只是借火或幫對方點火的動作——某種默契、某種香菸的共濟會。

❧

P說自己隨時可以送出「一幅懷孕聖母的袖珍畫，鑲在鬥牛士的鎖骨做成的相框裡」。

❧

營房的海報：「酒精澆熄了人性，點燃了獸性」——讓他明白了自己為什麼喜歡喝酒。

❧

「這世界對那些毫無人性的禽獸來說，就像一個華麗的牢籠。」

❧

在我最美好的經驗中，有好幾段是跟貞（Jeanne）有關的。她常對我說：「你真傻[54]。」她用的就是這幾個字，邊說邊笑，通常她會這麼說表示她最愛的是我。我們兩個家裡都很窮。她家住在中央街上，跟我家就只隔幾條街。我們兩個，誰也走不出這個總是會把你拉回來的貧民窟。她家中的愁雲慘霧

---

[54] 這一段是貞這個人物的第一次出現。她在《鼠疫》一書中是葛蘭（Grand）不安於室的妻子。這一段後來幾乎原封不動地出現在《鼠疫》的初稿中，敘述者是史蒂芬（Stéphan），一個多愁善感的教師。
——原編註

和凌亂骯髒，跟我家裡的一模一樣。我們會在一起，無非就是想逃離這一切。然而，過了這麼多歲月，此時此刻當我再回頭去看當年她那張疲憊的孩子臉，我知道我們根本擺脫不了這種悲慘的人生，而事實上，就是因為在這樣的陰影下相愛，我們才能夠擁有如此強烈的、如今用再多代價也買不到的情感。

我想我當年失去她的時候，曾經非常痛苦。但我卻沒有表現出任何的抗拒。那是因為我對自己的擁有從未感到理所當然吧！我總是覺得事後追悔比較容易。而儘管我自己心裡很明白，但我還是會一直忍不住覺得和當年那個踮起腳尖抱住我脖子的貞比起來，今天她在我心裡的分量大多了。我忘了我們是怎麼認識的。卻記得我去她家看她。她父母親看到我們笑咪咪的。她爸爸是個鐵道工人，如果沒出去在家，你就會看到他總是坐在一個角落裡，心事重重，看著窗外，兩隻巨掌平放在大腿上。她媽則總是在做家事。貞也一樣，不過看著她那麼輕鬆又嘻嘻哈哈的，我從來不覺得她正在工作。她身材算中等，但給人的感覺很嬌小。每次我看她在那些卡車的虎視眈眈下過街，那麼纖細那麼輕盈，心裡就會有點難過。如今，我也承認她可能不是很聰明。可是當年我根本不會去問這個問題。她假裝生氣的樣子很特別，會讓我在心裡陶醉得熱淚盈眶。還有我

只要一想起從前我每次跟她低聲下氣，她那個轉過身來撲進我懷裡的小動作，胸中這顆已經封閉多年的心還是會感動不已。我現在不記得當年是不是對她有過欲望。我想一切都混在一起了。我只知道那些讓我心旌動搖的，最後都化成了溫柔。如果我想要過她，她頭一遭在她家走廊上因為我送她一個別針而吻我的時候，我就忘記了吧！那天晚上她那頭全往後梳的秀髮、不是很對稱的嘴型和有點太大的牙齒、藍色的眼睛和直挺挺的鼻子，讓我覺得她好像一個我特別生下來疼來愛的小孩。這個印象持續了好長一段時間，對這點，老愛叫我「大朋友」的貞功不可沒。

　　我們共同有過一些很特別的快樂時光。我們訂婚時，我二十二，她才十八。但讓我們心裡充滿莊嚴喜悅之情的，是事情那種已經被公認的性質。於是貞可以來我家作客，媽媽會吻她，叫她「我的孩子」。這些都是有點可笑，但我們也從來不會去掩飾的喜悅。不過，我對貞的記憶，今天已經和一個我覺得無法形容的印象連在一起了。當時的情境還歷歷在目，只要我有點低潮，並在幾分鐘之內連續碰到一張讓我動容的女人臉跟一扇亮晶晶的商店櫥窗，我就會又看見——而且真實得令人痛苦——貞向我仰起她的臉蛋並對我說：「好美喔！」那是年

底過節的時候。我們這一區的商店既沒少點燈也沒省布置。我們在那些糕餅店前停下腳步。巧克力做的小玩偶、金紙銀紙糊的假石假山、脫脂棉做的雪花、金色盤子和七彩糕點，全令人看得心花怒放。我開始覺得有點慚愧。但我沒有辦法抑止心裡那種盈滿的喜悅，貞的眼睛也因而閃閃發光。

今天，如果我試著去把這獨特的感動說清楚，我可以從中看到很多東西。當然，這樣的喜悅首先來自於貞——來自於她身上的香水味，她緊緊扣著我手腕的手，一些我可以預期的表情。但還有那些突然光芒四射的商店，在一個平常伸手不見五指的城區裡，行色匆匆，手上提著大包小包的行人，街上孩子的歡笑聲，一切都有助於把人從他原本的孤獨世界裡拉出來。那些夾心巧克力的銀色包裝紙就是一種徵兆，意謂著一個模糊卻嘈雜的黃金時期，正在向一些簡單的心靈打開，於是貞和我又依偎得更緊了。也許當時我們都模模糊糊地感覺到了那種獨一無二的、當一個人跟自己的人生終於取得妥協時的幸福。通常是我們在一個愛已無立足之地的世界裡，帶著那片被我們用愛情施了魔咒的沙漠到處遊走。而在那幾天裡，我們覺得當我們手牽手時，心中升起的那把熱情，和在櫥窗裡、在對兒女牽腸掛肚的工人心裡，以及在這十二月冰凍而純淨的天空深處閃

爍的，是一樣的火焰。

⤫

十二月

反過來的浮士德。年輕人向魔鬼要這個世上的珍寶。魔鬼（穿著運動裝，得意洋洋地宣稱冷嘲熱諷是智者最大的誘惑）輕輕對他說：「但這個世上的珍寶你已經有了。你應該去找上帝，跟祂要你沒有的——如果你覺得你還少點什麼的話。你就跟祂講條件，為了得到另外一個世界的珍寶，你可以把身體賣給祂。」

沉默半晌之後，魔鬼點了一根英國製香菸，又說：「而這將是你的永罰。」

⤫

彼得・沃爾夫（Peter Wolf）。從集中營裡逃出來，殺了一個衛兵，成功地越過邊界。逃到布拉格，試著在那邊重新生活。慕尼黑協定[55]後，被布拉格政府引渡。落入納粹手中。被

---

[55] 慕尼黑協定：原文作 l'annexion de Munich，應指慕尼黑協定後，希特勒併吞捷克一事。——譯註

判死刑。數個鐘頭後以斧頭處決。

⌘

門上寫著：「請進。我上吊了。」人進去一看，果然如此。（他自稱「我」，可他已不再是「我」了）[56]

⌘

爪哇舞。慢條斯理，印度舞蹈的原則，伸展。整個運動中那些如繁花盛開的細節處。好似建築中的細部累積。層出不窮的手勢。沒有一絲急促，水到渠成。那已經不是什麼動作或手勢了，而是一種分有（participation）。

除此之外，是某些戰舞中以跳躍展現出來的戲劇性。在配樂中使用一些無聲的片段（伴奏不過是種虛有其表的音樂）。配樂在此處並未勾勒出舞步的輪廓。它只有襯底的作用。它就像動作和音樂的糖衣。它在身體及其那難以察覺的幾何形狀四周淌流。

---

56 關於《鼠疫》的筆記。在初稿中，上吊的是史蒂芬，後來改成勾達（Cottard）。——原編註

（跳獵頭舞的奧塞羅〔Othello〕）

《婚禮》的結尾。

大地！這座被眾神棄置的雄偉廟宇，人的任務就是在裡面放滿按照他的形象做成的偶像，那難以形諸筆墨的模樣，愛做的臉和泥做的腳。

……這些象徵喜悅的可怕偶像，愛做的臉和泥做的腳。

君士坦丁[57]那個三度連任的議員。投票那天，到了中午他就死了。傍晚，有人來給他歡呼。他的妻子走到陽臺上，說丈夫有點精神不濟。

不久之後，這副屍體又當選為議員。這也是應該的。

關於荒謬？

---

[57] 君士坦丁（Constantine）：阿爾及利亞東北部的大城市。──譯註

絕望只有在一種情況下是純粹的。那就是死刑犯的處境（請大家容許我在此做個小說明）。各位可以去問一個失戀的人，願不願意明天就上斷頭臺，他絕對不會願意。因為怕被砍頭嗎？當然，而且這裡的害怕是因為非常確定——或不如說因為那個構成此一確定的數學元素[58]。荒謬在此是一清二楚的。它和不理性剛好相反。荒謬具備了一切理所當然的徵兆。所謂的不理性，或注定變成如此的，是那種短暫且奄奄一息的希望，但願這些都即將結束，願自己終能免於一死。但荒謬卻不會這樣。顯而易見的是人家就要來砍他的頭了，而且是趁他還神智清醒之際——甚至是當他全部的意識都集中在這上面時，人家要來砍他的頭。

基里洛夫[59]說得沒錯，自殺可以證明他是自由的。而要解決他的自由問題，其實也很簡單。人都有一種幻覺，認為自己是自由的。死刑犯卻沒有這樣的幻覺。問題就出在這個幻覺的實在性（réalité）裡面。

之前：「這顆心，這個已經陪伴我這麼久了的小聲音，要

---

[58] 這一段後來在《異鄉人》和《薛西弗斯神話》中都有用到。——原編註
[59] 基里洛夫（Kirilov）：杜斯妥也夫斯基小說《附魔者》中的一個角色。——譯註

怎麼想像它就要停止跳動，要怎麼想像這個，尤其是在那一剎那間⋯⋯」

「啊！苦役監獄，苦役的天堂。」

（母親：「現在他們把他還給我了⋯⋯看看他們做的好事⋯⋯他們把他切成兩塊還給我。」）

「我後來再也沒有辦法睡了，頂多白天睡一點，夜裡就耐著性子等曙光亮起，這意謂著新一天的到來。我知道他們都會在某個不確定的時刻來⋯⋯這時我就會像頭野獸⋯⋯然後，我還有一天可以活⋯⋯

我會算。我想讓自己冷靜下來。我已經提出上訴了。而且我都會做最壞的打算：如果上訴被駁回，那我就得死了。可能還會比別人早死。每次一想到死，我就會覺得活著很荒謬。反正人都是會死，管他什麼什麼時候還是怎麼死的。我只能接受。想到這裡，我覺得我也有權利去做第二種假設：如果他們給我特赦。我會盡量去讓身體裡面那股讓我喜極而泣的熱血澎湃不要那麼激狂。我會把這個吶喊的音量壓到最低，好讓我在第一個假設中的認命態度感覺更可信。但這有什麼用。黎明又來了，跟著是不確定的時刻⋯⋯

⋯⋯他們怎麼來了。天明明還沒亮。他們比平常早。我上

當了。我我跟你們說我上當了⋯⋯

⋯⋯逃吧！把一切都打破。然而，我還是一動不動。香菸嗎？有何不可。多少拖延一下。但他竟乘機也把我襯衫領子剪了。乘機。剛好抽一根菸的時間。我一點時間都沒賺到。我跟你們說我上當了。

⋯⋯這個走廊怎麼這麼長，而且這些人怎麼走得這麼快⋯⋯希望人來得多一點，希望他們用叫囂怒吼來歡迎我。希望人來得多一點，希望不要只有我一個⋯⋯

⋯⋯我覺得好冷。怎麼這麼冷。他們為什麼讓我穿著襯衫呢？說真的，這些都不再重要了。我再也不會生病了。這個痛苦的天堂，再也不是我的了，我失去了它，還有那咳得魂飛魄散的快樂，或在親人的注視下被癌症啃噬得不成人形的喜悅。

還有這片沒有星光的天，那些沒有點燈的窗，和這條萬頭攢動的街，以及那站在第一排的男人，而且這人的腳⋯⋯[60]」

—終—

---

60 《異鄉人》裡的一段。——原編註

荒謬。葛維奇[61]。絕望論。領導人的權力……

∽

梅爾索。

加利古拉。

《沿海地帶》（*Rivages*）的劇場專輯。找出場面調度。密凱爾[62]設計圖講評。前言。跟劇場有關的一切。

薩爾斯堡的密哈貝勒公園。

在布阿拉里季堡（Bordj-bou-Arreridj）巡迴公演的劇團。

∽

一九三九年

讓我燃燒的休息時間。會讓人燃燒的不只有喜悅而已。還有無止盡的工作、無止盡的婚姻或無止盡的欲望。

61　葛維奇（Gurvitch）：是卡繆同時代的社會學家。著作有《德國哲學時下趨勢》（*Les tendances actuelles de la philosophie allemande*）和《社會學論文》（*Les Essais de sociologie*）。——原編註

62　密凱爾（Louis Miquel）：阿爾及利亞建築師，卡繆的朋友。一九六〇年和西姆內（Simounet）共同為奧爾良維爾（Orléansville）設計了「卡繆青少年娛樂中心」。——原編註

༄

工作順序：

劇場研討會。

讀荒謬。

加利古拉。

梅爾索。

劇場。

《沿海地帶》（*Rivages*）星期一在夏爾洛[63]那邊。

上課。

日記。

༄

二月

有些生命不會被死亡嚇到。它們早就做好準備了。它們會去考慮到這件事。

---

63 夏爾洛（Edmond Charlot）：是第一個幫卡繆出書的出版社老闆。當時卡繆也為夏爾洛辦的期刊《沿海地帶》當主編。一九三九年該期刊一共出了兩期。──原編註

❧

一個作家的死會讓我們去誇大其作品的重要性，同樣地，一個人的死也會讓我們高估他在人群中的位置。就這樣，死構成了過去的全部，在裡頭裝滿了幻覺。

❧

無法忍受和現實起衝突的愛，不能算是愛。但這樣一來，不能愛就成了那些高貴心靈的特權。

❧

小說。這些在夜裡的，肩並肩的談話，這些說出來的心事，沒完沒了⋯⋯

「而這種等待的人生。我等著晚餐、等著睡意。早上醒來的時候，我會隱約覺得有點希望──希望什麼？我不曉得。起床之後我又開始等吃午餐。就這樣一天過一天⋯⋯不停地跟自己說：現在要上班了。現在要吃午餐了，現在又要上班了，現在自由了──至於生命中的這個需要想像的空白，這個我們想像中的，讓你痛到非叫出來不可的空白⋯⋯」

「……尋歡作樂是為了第二天的重新出發——原來絕望和歡樂只有一線之隔！我們回過頭去看這兩天。它們曾是那麼美好，上面都是淚珠。」

阿爾及利亞，一個既拘謹又毫無節制的國度。拘謹的是它的曲線，毫無節制的是它的光線。

「下士」之死。見報紙新聞。

書店裡的瘋子。見報紙新聞。

悲劇是一個封閉的世界——人在裡頭會互相跌撞得鼻青臉腫。在劇場中，悲劇只能在舞臺有限的空間裡誕生跟死去。

參考史都華・密爾[64]：「當個不高興的蘇格拉底要勝過當隻心滿意足的豬。」

～∝

這個充滿陽光的早晨：溫暖的街道上到處都是女人。每一個角落上都有人在賣花。還有那些少女微笑的臉龐。

～∝

三月

「我走進這個頭等車廂，明亮又溫暖，我把門帶上，窗簾放下來[65]。然後，一旦坐下，在這股突然襲來的出奇安靜之中，我有種被解放的感覺。首先掙脫的是過去這些上氣不接下氣的日子，還有這種想要成為自己人生主宰的努力，這些艱困的情緒起伏。一切都平息下來了。車廂微微地顫動。夜雨在車窗外的淅淅瀝瀝，但在我聽來更像沉默。接下來的幾天，我什麼都不用再想了，只要往前走就好。我成了時刻表、旅館，還有那

64　史都華・密爾（Stuart Mill）：一八〇六～一八七三，英國著名哲學家和經濟學家。——譯註

65　《快樂的死》中的一段。——原編註

件等著我去完成的人道任務的囚徒。當我不再屬於自己的同時，我也終於完全自由了。我於是心滿意足地閉上了眼睛，心裡覺得愈來愈平靜，因為一個和平天地剛誕生了，裡面沒有暴君、沒有愛，並且在我之外。」

᪲

瓦赫蘭。開著紅色天竺葵和香雪蘭的小花園上面是米爾斯克比爾（Mers-el-Kébir）港。天氣只好一半：有雲也有陽光。和諧的地方。只要一大塊天，就能讓最緊張的心平靜下來。

᪲

三九年四月

在瓦赫蘭叫人「速發哥」（sufoco）是種冒犯。被當成「速發哥」實乃孰不可忍。需要補救，而且是馬上。瓦赫蘭人是很熱血的。

一個地景不一定要很大才會壯觀。有可能只是差了那麼一點點而算不上偉大。這就是為什麼阿爾及爾灣不偉大的關係，因為美得太過了。相反地，從聖塔克魯斯（Santa-Cruz）看米爾斯克比爾，給人一種雄偉感。壯觀得毫不溫柔。

◊◊

　　瓦赫蘭的近郊，最後幾間屋子再過去數公尺，就是一望無際、無人耕種的原野，亮麗地覆滿了這個時節的金雀花。再過去，就是第一座殖民村了。沒有靈魂，只有一條街通過，上面一座聊勝於無的音樂亭。

◊◊

　　高原區和吉貝那都（Djebel Nador）。

　　無邊無際的麥田，沒有樹也沒有人。只有一間土屋和一條看起來弱不禁風、走在天邊稜線上的剪影。幾隻烏鴉和一片沉寂。教人不曉得要往哪裡去──沒有任何一處可以引起喜悅──或什麼讓人靈思泉湧的憂鬱。這些土裡能長出來的，無非是焦慮和貧瘠。

　　在堤亞瑞（Tiaret），有幾個小學老師跟我說他們「無聊得要死」。

　　「那你們無聊的時候都做什麼？」

　　「喝酒。」

　　「然後呢？」

「去找妓女。」

我跟他們去了妓院。正在下雪。很細的雪，冰寒徹骨。他們全都喝得醉醺醺。一個看門的跟我要了兩法郎的入場費。裡面一個很大的廳，長方形，畫著不知所以然的斜線條，黃黑相間。大家跟著一臺電唱機的音響起舞。裡面的小姐不美也不醜。

其中一個問：「你來肏的嗎？」

那男人有氣無力地想給自己辯解。

「我，」那小姐說：「我很想要你那個給我來一下。」

出來的時候，雪還在下。放眼望去，又看到這個鄉間。還是那麼寂寥的一大片，只不過這次是白色的。

在特黑澤（Trezel）──摩爾人的咖啡館。薄荷茶和談話聲。

那條有小姐的街叫做「真理街」。入場費是三法郎。

托爾巴（Tolba）打架記[66]。

「我人不壞，只是精力旺盛。愛到處走跳。那傢伙就跟我說：『你是個男人就下車。』我跟他說：『何必呢！不要衝動。』他跟我說：『你不是個男人。』我聽了就下去跟他說：『你最好別再鬧了，不然我讓你鼻青臉腫。』『憑什麼？』然後我就送他一頓。他倒下去。我要去扶他一把。他從下面還給我來了好幾下。我就送他一記膝蓋再踹兩腳。他滿頭臉的血。我跟他說：『這樣你夠了沒？』他說：『夠了。』」

動員令。

大兒子要走了。他坐在母親的面前說：「不會有事的。」母親一言不發。拿起一張擺在桌上的新聞紙，先摺一半，再摺成四分之一。然後八分之一。

66 這一段後來被用在《異鄉人》，頁四十五。我們可以發現卡繆早年在筆記中所描繪的這類市井風格，已經很強烈地預示了《異鄉人》的寫法。——原編註

　　車站裡，來送行的人群。男人把車廂都塞滿了。一個女人在哭。「我無論如何也沒想到他會這麼難過。」另一個：「奇怪怎麼大家這麼急著去送死。」一個女孩在她未婚夫懷裡哭泣，他則一臉凝重。什麼都沒說。煙霧，叫喊，雜沓。火車就開走了。

୨୦

　　女人的容顏、陽光和水帶來的歡樂，都被他們殺死了。如果我們不願被殺，就得挺住。我們正陷身在矛盾裡。一整個世代的人都無法呼吸，活在一直淹到脖子上的矛盾中，一滴發洩的眼淚都沒有。

　　這個不只是沒有解決的辦法，它甚至不算是個問題。

第三本

1939-1942

　　儘管普羅旺斯和義大利天空裡的絲柏都是陰沉沉，然而在此地的艾爾凱達墓園裡，這棵柏樹上飽吸的金色陽光卻豔澄欲滴。感覺上彷彿有一股黃金汁液，從這樹的黑色心底湧上來，流過它每一根短短的樹枝直到末梢，然後一條條長長的淺褐色就沿著那些綠油油的葉片淌下來。

∽∾

　　⋯⋯就像有人動不動喜歡拿鉛筆在書上畫線，似乎這樣可以顯示出該讀者很有品味、很有智慧的樣子。

∽∾

歐洲和伊斯蘭的對話。

　　——每當我們凝視著你們的墓園，並想著你們是怎麼造墳的，我們就會打從心裡生出一股悲憫之情、一種敬畏之心，有人竟然可以這樣去呈現他們的死亡，並與之共存⋯⋯

　　——⋯⋯我們也是，我們有時候也會覺得自己很可憐。這樣可以讓日子好過一些。這是一種你們完全無法想像，甚至會覺得毫無男子氣概的情感。然對此深有所感，卻是我們之中最有男子氣概者。因為我們所謂的男子氣概，其實就是那些明智

的人，而缺乏洞見的蠻力，我們不屑一顧。相反地，對你們來說，一個人的價值在於他有沒有指揮權。

～～

戰場上。人們評估著每一條戰線各自的危險程度。「我的這條危險性最高。」在全面的沉淪之中，他們還能分高下。他們就靠這個度過難關。

～～

——是啊！那個水肥工說，而且如果您見過「他們」在下面，在海軍部隊裡，給他們做的廁所！讓那些人用這樣的廁所，真是糟蹋。

～～

女人糊里糊塗地跟丈夫過活。他有天去電臺演講。人家就讓她站在一片玻璃後面，她可以看到他的人，卻聽不見他的聲音。唯一確定的是他在比手畫腳。這是她第一次從他的身體來看這人，看到有副血肉之軀的他，也看到了是個傀儡的他。

她離開他。「原來是只木偶，我還每晚讓他騎在肚皮上。」

❧

戲劇題材。假面人。[1]

長期在外遊歷之後，他帶著面具返回家鄉。整齣戲都未見他將面具脫下。為什麼？這就是這齣戲的主題。

最後，他把面具摘下。戴面具其實也沒什麼原因，他只是想從面具下看出去而已。其實他可以一直就這樣戴著。他感到快樂，如果這個字眼還意謂著什麼的話。然而因為妻子痛苦不堪，他不得不摘下面具。

「從前我是全心全意地在愛著妳，但現在我只能照妳願意的方式來愛妳了。不過看來妳似乎寧可被輕視，也不願愛得不明就裡。這樣的愛情有兩大特色。」

（或兩類型的女人。一種愛著戴面具的他，因為覺得新鮮有趣。但後來就會不愛了。「妳用妳的頭腦在愛我。可是也要用妳的下半身來愛我啊！」另外一種愛，根本不在乎他是否戴著的面具，而且會一直愛下去。）

由於某種特殊，但出於天性的反應，她開始去想像這個她

1　《誤會》的第一份草稿。──原編註

所愛的男人為什麼會痛苦的原因,而且專找最能傷害自己的那些。她已經太習慣不抱任何希望,以至於一旦她試著去理解這個男人的生命,她總是——而且也只能——從中看到對自己不利之處。而讓他惱怒的,也正是這一點。

❧

歷史精神和永恆精神。一個對美有所感。另一個則是對無窮。

❧

柯比意(Le Corbusier)。「您明白嗎?!藝術家之所以能成為藝術家,是因為某些時候他覺得自己不只是個人而已。」

❧

皮亞[2]和那些即將消失的文獻。自願性的分解。面對虛無,唯有享樂主義和不斷的旅行。歷史精神在此成了地理精

2　皮亞(Pascal Pia):一九三八年卡繆進入皮氏所創辦的《阿爾及爾共和報》(*Alger Républicain*),開始他的記者生涯。二次大戰後,皮亞入主《戰鬥報》(*Combat*),由卡繆擔任總編輯。——原編註

神。[3]

　　電車上。那個已經半醉的男人過來跟我搭訕。「如果你是個男人，就給我二十塊。你，你是個男人。你看，我剛從醫院出來。今天晚上我要去睡哪？但如果你是個男人，我就去喝一杯，然後忘掉這一切。我很不快樂，我身邊沒有人。」

　　我給了他五法郎。他拉住我的手，注視著我，撲上我的胸前，嚎啕大哭起來。「啊！你是條漢子。你知道我在說什麼。我沒有人，你明白嗎？沒有人。」我下車後，電車又開走了，他留在裡面，若有所失，還一直在哭。

༞⊷

　　長年獨自生活的男人，領養了一個小孩。把長期累積的寂寞全發洩在孩子身上。在他那封閉的世界裡，和另外一個生命終日面對，他自覺是孩子的主人，一片大好河山的征服者。他虐待他、恐嚇他，用任性和故意苛求讓他驚惶失措——直到孩

3　《阿爾及爾共和報》因財務困難及左翼政治立場，致使創刊甫年餘即遭查禁。皮亞是虛無主義的堅信者，卡繆與皮亞交好，曾將散文集《薛西弗斯神話》提獻給皮亞。兩人在戰鬥報時期因理念不合交惡。
　　——譯註

子逃跑，他又陷入孤獨的那一刻。他噙著淚水，覺得自己無可救藥地熱愛著這個他剛失去的玩具。

「我等著我們來到街上，她把臉向我轉過來的那一刻。結果她讓我看到的，是一張閃亮而蒼白的臉，上面從脂粉直到表情，都被方才的吻給沖掉了。她的臉上一絲不掛。我一把慾火跟在她後面悶燒已經好幾個小時了，但這還是頭一遭我看到她的真面貌。我對愛的耐性終於得到了補償。在這張我用雙唇從她那層脂粉和微笑的保護膜裡挖出來，有著雪色雙頰和最蒼白的嘴唇的臉上，我深深地擄獲了她。」

愛倫坡（Poe）的四大快樂要件。

（一）戶外生活。

（二）有人愛。

（三）放開一切野心。

（四）創造。

❧

波特萊爾（Baudelaire）：「我們在人權宣言裡面忘了兩種人權：自我矛盾和一走了之的權利。」

同上。「有些誘惑強烈到只能視之為德行了」

❧

斷頭臺上，杜白麗夫人（madame du Barry）：「再一分鐘，劊子手先生。」[4]

❧

一九三九年七月十四日──一年了。

❧

沙灘上，男人的雙臂似被釘十字架般地平伸，在陽光下受

4　杜白麗夫人（一七四三～一七九三）是法王路易十五的情婦，法國大革命期間被送上斷頭臺，據稱她要被行刑前變得非常歇斯底里，不斷地哀求劊子手再等一下。她這句相傳中的最後遺言，後來成了存在主義人生焦慮（angst）的象徵。──譯註

刑。

❦

在皮耶（Pierre）身上，猥褻是一種表達絕望的方式。

❦

「那幾年他很難熬，充滿疑惑，等著結婚或隨便什麼都好
——那時他就已經發明出一套證實自己為何失敗和懦弱的出世
哲學。」

❦

「他和妻子的問題在於，像他這樣一個男人，可不可以一
直活在這個女人的謊言堆裡而不自甘墮落。」

❦

八月

（一）伊迪帕斯除掉了斯芬克斯，而且他之所以能為民除
害，都要歸功於他對人的認識。整個希臘世界都一清二楚了。

（二）但同樣這個人，還是遭到命運無情的摧殘，盲目邁

輯之不可抗拒的命運。悲劇和易朽性之一無遮蔽的澄澈。

❧

見伊比鳩魯（散文）。

雅典衛城（Acropole）附近的阿格蘿窟（grotte d'Aglaure）。

每年會脫一次衣服的密涅芙（Minerve）[5] 雕像。也許所有的雕像都是這麼穿著衣服。希臘裸體是後人發明的。

❧

雅典有一座專門祭老的廟。大家都會帶小孩去參觀。

克雷蘇斯（Crésus）和加伊洛埃（Kallirhoe）（劇本）。[6]

男主角犧牲後，女主角也犧牲了。因這樣的愛情付出而自戕。

5　羅馬神話裡的智慧女神，相當於希臘神話裡的雅典娜。──譯註

6　這裡指的無疑是柯雷索斯（Corésos）和加伊洛艾（Callirhoé）的故事。加伊洛艾是加利東王之女，為酒神祭司柯雷索斯所愛，但她拒絕了後者的追求。酒神於是遷怒加利東國居民，讓他們全部發狂。多多那（Dodone）神壇降下的神喻指示，必須殺加伊洛艾獻祭。柯雷索斯寧自殺以代。如此深愛感動了加伊洛艾，乃至不願獨活。──原編註

諸神化身為乞丐，求取施捨的傳說。這樣的故事很造作。

在西錫安（Sicyon），普羅米修斯騙了宙斯。兩張牛皮，一張裡面包著肉，另外那張包著骨頭。宙斯選了後面那張。就因為這樣不許人類再繼續用火。低級的報復方式。

製陶師傅地布塔德（Dibutades）的女兒，愛上了一個年輕人。用尖刀在牆上描出他的側影輪廓。這畫被她父親見到了，因而發明了希臘陶瓶上的裝飾風格。愛情是一切事物的開端。

在哥林多（Corinthe），有兩座蓋在一起的神廟：一座崇拜的是暴力，另一座是必需性。

迪美托斯（Dimétos）對他上吊的姪女有某種罪惡感。在細沙沙灘上，微微的波浪漂來了一具美如天仙的年輕女人屍體。迪美托斯見到了，跪下去，無可救藥地陷入了熱戀。然而眼看著這具美麗的屍體逐漸發黑發臭，迪美托斯也發狂了。這就是他姪女的報復，亦象徵著某種有待界定的人類處境。

在阿卡迪亞（Arcadie）的帕龍雄（Pallantion），有座「純神」的祭壇。

我很願意為她死，P說。但就是她別來要求我活下去。

三九年九月。戰爭。

大家都急著找阿爾及爾一個有名的大夫動手術，因為怕他會被動員。

加斯東：「重要的是，被動員之前我還有時間找到一個好缺。」

車站月臺上，一位母親對著一個年輕的預備役軍人（三十歲）說：「小心一點。」

電車上：「波蘭不會任人宰割的。」

「『反柯梅坦』（anti-comertin）[7]協定根本已經不存在了。」

「希特勒那種人，你給他一根小指頭，不久就得把整條褲子脫下來。」

市場上：你們知道嗎，星期六，答案就揭曉了。

——什麼答案？

——希特勒的答案。

——那又怎樣？

——那我們就知道會不會打起來了。

——如果這不叫不幸的話！

車站裡，有員工被預備役軍人打耳光：「躲在後方的懦夫！」

7　此處的 comertin，疑為共產國際（comintern）之誤，一九三六年德日曾簽署防共協定，後陸續有多國加入。——譯註

戰爭爆發了[8]。戰爭在哪裡？除了那些該相信的新聞和該看的布告，哪裡去尋找這個荒謬事件的蛛絲馬跡？它不在這片藍天碧海上、不在那些知了的長嘶中，也不在丘陵上的柏樹裡。戰爭更不是阿爾及爾街道上那種光線的活蹦亂跳。

人們願意相信有戰爭。到處尋找它的臉孔，但它拒絕露面。這個世間是唯一的王，它的每一張臉都容光煥發。

曾經那樣痛恨這頭野獸，知道它就在眼前，卻不知如何去指認。日子幾乎是照常在過。再過一陣子，泥巴、血流和說不出的噁心，肯定就會接踵而來。但今天只讓人覺得戰爭和和平一開始其實沒什麼兩樣：同樣受到這世間和人心的漠視。

ঙ৵

……將一場可能導致哀鴻遍野的戰爭的開頭幾天，當成是那些最幸福快樂的日子來記憶，兩者都是特殊而具有啟發性的遭遇……我一直試著證明我的反戰有理，但到目前為止，還沒有一項事實可以拿來做根據。

8　卡繆後來本想把這一段用在《鼠疫》的前面數章中，不過最後還是放棄，另外換一種寫法。——原編註

෨෧

有些人為愛而活，有些人為活而活。

෨෧

我們總是誇大了個人生命的重要性[9]。太多人活著不曉得該做什麼，以至於即使不讓他們活下去，也不一定就是不道德。另一方面，一切都有了新的價值。但這已是老生常談。這場災難基本上是荒謬的，但它還是發生了。它把生命裡那種又更加深刻的荒謬推而廣之。讓荒謬變得更直接、更確實。如果這場戰爭能對人產生什麼作用，那就是加強了他對自身存在的看法和判斷。一旦這場戰爭「存在」了，一切無法將它納入的判斷都是謬誤的。一個會思考的人，通常無時無刻不根據最新的例外狀況，來修正自己對事物的看法。真相，或說人生給我們的教導，就是藏在這種習性、這種思想的扭曲和這份有意識的修正裡。這就是為什麼，儘管這場戰爭如此地可鄙，還是不可以

---

[9] 這條和前面一條的意思重複。這兩條筆記本來是併在一起的。——原編註

置身度外。首先當然是對我這種願意把生命押在死亡上而毫無畏懼的人而言。再來就是那些走向這場令人髮指的大殺戮，那些我覺得皆是手足同胞的無名氏和認命者。

୨ⴰ

冷風從窗戶鑽進來。

媽媽：「天氣開始變了。」

「是。」

「該不會整個戰爭期間都要管制燈火吧？」

「有可能。」

「那今年冬天會很冷清。」

「對。」

୨ⴰ

那些鼓吹抗拒和那些倡導和平的人，全都背叛了我們。他們在那兒，跟其他人一樣順從，卻更該死。面對這座謊言製造機，做為個體的人從未像今天這麼孤單過。他還可以藐視，懷著他的鄙夷來戰鬥。如果他沒有權利旁觀、沒有權利看不起的話，他也還可以判斷。什麼都離不開人性，還有群眾。以為可

以背離這兩者的，就是在背叛。人都得一個人面對死亡。大家都會孤單地死去。但一個人在這點上至少有藐視的權力，並在這可怕的考驗裡選擇有助於彰顯他個人的東西。

接受每一項考驗。但矢志在最不高尚的任務裡只行最高貴的事。而尊貴的根本（真正的、心靈的尊貴）是藐視、勇氣和深深的漠然。

୨୬

那些具有創造、愛和贏賭天賦的人，也是需要和平環境中的人。但戰爭告訴我們，如何失去一切並變成我們本來不是的那種人。一切都成了格調的問題。

୨୬

我夢見我們打贏了，開進羅馬城。我想到那些入侵永恆之城[10]的蠻族。而我就是野蠻人的其中一個。

୨୬

---

10 la Ville Eternelle，羅馬的別稱。——譯註

　　調和作品中的描述性和解釋性。讓描寫重獲它真正的涵義。當只有白描時，雖精采卻不感人。這時只要讓人感覺到我們的限制是刻意設下的。限制於是消失，而作品也有了「回音」。

♋

　　「一來，」那個被傳喚到退役委員會[11]去的退役軍人說：「我是覺得很無聊。再來就是，我已經聽了太多閒言閒語。『你還沒走啊？』『你還在啊！』在我們那棟大樓裡，一共四十四個男人。我是唯一留下來的。所以我都天黑了才回去，一大早就出門了。」

♋

　　另外一個去做了胃部 X 光檢查的退伍軍人：
　　「他們至少讓我喝了三公升的石灰水。從前我拉的屎是黑的，現在變白的。這就是戰爭。」

11　當時卡繆儘管已經持有退役令，但還是希望入伍，可能因此而和退役委員會有所接觸。——原編註

∞∞

九月七日

大家都會問戰爭在何處——那種慘不忍睹的場面在哪裡？然後意識到自己其實知道答案，戰爭就在我們心裡。戰爭對大部分的人而言，是那份不自在，那種被迫做出的選擇。選擇出征的後悔自己勇氣不足不敢缺席。選擇缺席的則自責不能和其他人同生共死。

戰爭在此，真真切切，而我們還在藍天裡、在世間的不仁中遍尋它。它就在身為戰士和非戰士的可怕孤寂裡，在人人感同身受的屈辱和絕望裡，在那種隨著日子流逝，人們臉上愈來愈明顯的卑鄙和齷齪裡。畜牲橫行的時代開始了。

∞∞

我們在眾生身上已經可以感受到這股愈來愈高漲的仇恨和暴力。他們心中的純真已蕩然無存。再也沒有什麼是無價之寶了。他們的想法都一樣。路上碰到的都是禽獸，一些看起來很像動物的歐洲臉。這個令人作嘔的世界和這股全球風行的昏庸愚昧，勇氣變得微不足道，偉大可以仿冒，榮譽感逐日式微。

ৎৡ

　看到某些人的尊嚴竟然可以這麼輕易就垮掉，實在教人目瞪口呆。但想想也是無可厚非，這裡所謂的尊嚴，在他們身上只能藉著不斷勉強自己違反本性來維持。

ৎৡ

　只有一種宿命，那就是死，除此之外別的都不叫宿命。一個人從出生到死亡的的這段期間，沒有什麼是不變動的：我們可以全部重新來過，甚至停止這場戰爭，甚至，如果有哪個願意的話，天長地久地和平相處下去。

ৎৡ

　規則：首先要去看每個人身上有什麼長處。

ৎৡ

　葛羅圖森[12]論狄爾泰[13]：「由於認識到吾人存在之零星特

12　葛羅圖森（Groethuysen）：一八八〇～一九四六，德國哲學家，納粹

性，以及每個單一生命過程會碰到的偶然性與限制性，我們於是開始在眾多生命的集合體裡，尋求那種我們無法在自身中找到的東西。」

若果荒謬被推到頂端（應該說是一旦被揭穿），那就再也沒有任何經驗是具有價值的，而所有行為背後的意涵也無高下之分了。意志不算什麼。接受，一切。如果在最卑微或最痛苦的情況下，人仍然「在那兒」神智清醒地忍受著，不願投降的話。[14]

儘管是為了擺脫他人的愚行或暴行，但離群索居的想法總是無益的。我們不能說「我不知情」。如果不願同流合污，就要起來反抗。沒有什麼比發動戰爭和挑起民族仇恨更不可原諒的。然而一旦戰爭爆發了，藉口事不關己而欲置之度外是無意

義且懦弱的作法。象牙塔已經倒塌了。對他人和對自己都不可以逆來順受。

置之度外地去評斷一件事是不可能且不道德的。唯有深入此一荒謬的災難中，我們才能保有藐視它的權利。

個人做出什麼樣的反應，其實一點都不重要。它也許可以有點用處，但絕對不能證明什麼。基於一種放浪的心態而看不起自己的環境，和它劃清界線，證明出的只不過是一種最微不足道的自由。這就是為什麼我必須想辦法入伍。如果他們不要我，我也必須接受當一個死老百姓的處境。但無論哪一種狀況，我都可以堅持我的判斷和毫無保留的反感。無論哪一種狀況，我都處於戰爭之中，有權對其加以判斷。加以判斷並採取行動。

接受。譬如，在壞的裡面看到好的。如果他們拒絕讓我入伍參戰。那就是因為我注定只能站在旁邊。一直以來，就是在這種為了可以在某些特殊狀況下當個普通人的奮鬥中，我花的力氣最多，也覺得自己最有用。

✎

歌德（Goethe）（對海克曼〔Eckermann〕）說：「當時如果我想恣意放肆，只要跟我周圍的那些人一樣，就可以把自己給徹底毀了……」

學會自制最重要。

✎

歌德說：「他很寬容卻不假寬貸。」

✎

普羅米修斯──革命性的理想

「那些沒把我弄死的會讓我變得更強壯。」（尼采）

✎

「體系的意志缺乏光明正大。」（《偶像的黃昏》）

✎

「悲劇性的藝術家不是一個悲觀主義者。對那些有問題和

可怕的事物，他來者不拒。」（《偶像的黃昏》）

‹›∾

戰爭是什麼？什麼都不是。所以當兵還是當百姓，參戰還是反戰，根本沒什麼差別。

尼采眼中的人。（《偶像的黃昏》）

「G.構想出一種強人，知識淵博，對實際生活中的每一樣事物皆駕輕就熟，很有自制力，又能尊重自我的個體性，能夠大膽地盡情享受大自然的豐美與浩瀚，有足夠的力量面對自由；有著寬大的胸襟，但並非由於軟弱，而是力量的展現，因為他還曉得如何從那種凡夫俗子所謂的虧損中獲得利益；對這種人來說，再也沒有什麼是不可以的了，但懦弱除外，無論它是出於惡意或善意……這樣一種被解放了的精神，出現在世界的中心，在一種快樂且信心十足的宿命論中，這種理論堅信，除非是特例，不然沒有什麼是可譴責的，它相信一般而言一切都有答案並能獲得證明。它不再否定（Il ne nie plus）……」

‹›∾

又來一個障礙？只能去克服了。但這樣的疲於奔命並非毫

無感傷。我們難道不能至少避免掉這一個嗎？但這樣的軟弱心態也是需要克服的。如此就不會有漏網之魚了。有天晚上你靠近鏡子一看，發現嘴唇上出現了一條較深的皺紋。那這又是什麼？我就是用這個來累積我的快樂的。

聽說賈瑞[15]臨終前，人家問他要什麼，「一根牙籤。」他拿到牙籤，放進嘴裡，然後心滿意足地死去。真是慘，大家只覺得好笑，卻沒有人看見其中可怕的教訓。只是一根牙籤，頂多一根牙籤，就像一根牙籤——這就是這個精采人生的全部價值。

「這孩子病得很厲害，」那中尉說；「我們不能收他。」我今年二十六，命一條，我知道我要什麼。

保隆[16]也跟著一群人，在《新法蘭西評論》（*N. R. F.*）上

---

15 賈瑞（Alfred Jarry）：一八七三～一九〇七，法國劇作家，超現實主義的先驅。——譯註

16 保隆（Jean Paulhan）：一八八四～一九六八，法國文學批評家和出版人，二次大戰爆發時任文學雜誌《新法蘭西評論》總編輯。——譯註

歡呼說，一九三九年的戰爭不是在一四年的那種氣氛中開始的。一群天真的人，以為殘暴永遠長得一模一樣，無法擺脫他們親身經歷過的那些景象。

巴黎之春：某個預兆或栗樹上一顆芽苞，人心就開始癢了起來。在阿爾及爾，春來得粗暴多了。這裡不只是一顆玫瑰花苞，而是一千顆玫瑰花苞，在某天清晨，突然讓你無法呼吸。在這裡，我們不是被某種難以捕捉的熱情閃過腦際，而是教千百種鋪天蓋地洶湧而至的香氣和色彩貫穿全身。這裡當道的不是敏感纖細，而是被突襲的身體。

三九年十一月

我們用什麼去作戰：

（一）用眾所周知的那些

（二）用不願出征者的萬念俱灰

（三）用那些沒人強迫他們上前線但因不想獨自留下所以還是去了的人的自尊心

（四）用那些因為走投無路而自願入伍的人的飢腸轆轆。

（五）用很多高尚的情操譬如

　　（a）同病相憐的團結心

　　（b）不願表現出來的藐視

　　（c）無仇無恨

❧

路易十六之死。他拜託那個帶他去刑場的人把一封信交給他的妻子。那人說：「我是來帶您上斷頭臺，不是來給您聽差的。」

❧

義大利的博物館中，有那種上面畫了圖畫的小遮板，神父拿來擋在死刑犯的面前，免得他們看見絞架。

是種存在性躍進，這小遮板。

❧

給一個絕望者的信

您來信說這場戰爭讓您感到不堪負荷，即便當初您曾自願

要去送死的，但您再也無法忍受這樣全面性的愚行、這麼嗜血的怯懦和這般罪惡的，仍相信流血可以解決人類問題的天真。

我讀著您的信，非常了解您的心情。我尤其明白這樣的選擇及這種自己很願意死、但卻痛恨看到別人去送命的矛盾心情。這證明了一個人的品格。有著這樣品格的人，我們便可以與他交談。事實上，怎麼可能不感到絕望？雖然我們所愛者的命運常會遭到威脅。病痛、死亡和瘋狂，但我們和我們曾相信的都還在。雖然那些我們以性命去捍衛的價值，也曾有崩塌的危險。但我們的命運和價值觀從未整個且同時地遭受威脅。我們從未如此全面地被推向覆亡。

我了解您的感受，但當您決定把這絕望當成生活原則，認為一切皆無益並將自己藏身在您那深痛惡絕的情緒背後，我就不再明白了。因為，絕望是一種感覺，而非狀態。您不能一直待在裡面。而感覺也必須讓位給一個見事較清明的視野。

您說：「何況，要怎麼辦？我又能幹什麼？」但首先問題就不該這麼問。顯然您還相信著個人的價值，因為您很能感覺到您周圍和您自己本身的善。然這些人也不能做什麼，而您則對社會感到絕望。別忘了，您早在這場大難發生之前就已經將這個社會放棄了，您和我早知道這個社會的末日就是戰爭，您

和我都揭發過它，再者我們本來就不覺得自己和這個社會之間
有什麼共同之處。這個社會今天還是同一個社會。它已經走到
了它的道德盡頭。事實上，冷靜地看待事情，您今天並不比一
九二八年更有理由絕望。確切說來，您現在的絕望程度跟當年
是一樣的。

　　仔細想想，那些一九一四年去打仗的，還更有理由絕望，
因為他們理解到的事情更少。您會跟我說知道一九二八年和一
九三九年一樣令人絕望，對你一點幫助也沒有。但這只是表面
上的。因為您在一九二八年的時候並未曾全面地絕望，不像現
在，一切對您而言皆徒然。如果這對您來說並無不同，那是因
為您的判斷錯誤。就像每次當真相化身為現實，而非透過理性
之光向您顯現時，您就會搞錯。您已經預見了戰爭，但您覺得
可以阻止它。這就是您何以不至於全面絕望的原因。但您今天
覺得自己什麼都阻止不了了。這就是理性打死結的地方。

　　但首先應該要問您，是否您已經盡了一切努力來阻止這場
戰爭。如果是，那這場戰爭可能對您來說就像無法避免，您大
可主張不用再白費什麼工夫了。但我非常確定您並沒有想盡辦
法來阻止戰爭，總之，不會比我們之間一個做得還多。您能力
不足所以無法阻止嗎？不，這麼說是不對的。這場戰爭，您也

知道，並非無法避免的。只要凡爾賽合約能夠及時修改。但它並沒有被改過。這就是整件事的由來，而您也看得出事態大可有別的發展。但這個合約，或任何另外的理由，現在也都還可以修改。希特勒雖然很會說話，但我們還可以做一些努力，讓無人想效忠於他。這些號召以牙還牙的不公義，我們還是可以嚴詞以拒，並說服它們的追隨者響應我們。還有一件有用的事可以去做的：如果您認為自己身為一個個體已毫無影響力，我會把我先前的推論倒過來，然後跟您說，今天的個人影響力較諸一九二八當年既非更大亦非更小。此外，我也知道這個無用的想法讓您很不舒服。因為我聽說您一點也不贊許依良心拒服兵役的作法。而如果您不贊同這種作法，不是因為缺乏勇氣良知。而是因為您覺得這麼做根本沒用。所以說您對有用沒用已經有了自己的定見，完全可以理解我接下來要說的。

　　您可以做點事的，不要懷疑：每個人或多或少都有一個他可以發揮影響力的圈子。這可能是拜他的優點——或缺點——之賜。但無論如何，它就是存在，而且可以馬上發揮功效。不必去鼓吹任何人起來革命。要愛惜他人的鮮血和自由。但您可以去說服十個、二十個、三十個人相信這場戰爭不是完全無法避免，而那些可以阻止它的辦法，卻還沒有人去嘗試，所以我

們要把這件事講出來，可以的話寫出來，必要的時候甚至大聲吼出來。接著這十或三十個人，又會去跟另外十個人說，以此類推。萬一他們因為發懶不願出聲，那就算了，再去找別的人。等到您在您的圈子裡、在您的地盤上，把該做的都做了，那您就可以停下來，愛怎麼絕望就怎麼絕望。要知道我們可以對一般而言的生命意義感到絕望，但不能對生命的特殊形式、對存在本身感到絕望，因為這些都是我們無法改變的，然歷史卻不在此限，個人在歷史裡什麼都能。今天讓我們去送死的，只是一些個人而已。那為什麼別的個人就沒有辦法為這個世界帶來和平呢？我們需要的只是起而行，也不用去想那麼遠大的目標。要知道，我們的敵人不只是主戰派的狂熱激烈，還有那些性靈反戰派的萬念俱灰。

　　葛林[17]在他的日記裡抄道：

　　「不要畏懼死亡，這樣就太給它面子了。」

17　葛林（Julien Green）：一八九○～一九九八，美國作家，以十九卷的《日記》聞名於在法國文壇。——譯註

❧

葛林和他的日記。

記了太多的夢。用說的夢境總是讓我覺得很無聊。

❧

福婁拜（Flaubert）的朋友，勒波特曼[18]之死。

「把窗戶關起來！這實在太美了。」

❧

波爾多（Bordeaux）的大教堂。在一個角落上；

「偉大的聖保羅，請讓我排進前十名。」

「偉大的聖保羅，請讓他來赴約。」

❧

蒙泰朗引用了達布主教（Mgr Darbout）一句發人深省的

話，做為《無用的服務》（Service Inutile）一文的題銘：「您的

---

[18] 勒波特曼（Le Poittevin）：一八〇六～一八七〇，法國學院派畫家。

——譯註

錯誤就是以為人來到這個地上是為了在這兒做些什麼事情。」
並從中歸結出英雄主義可歌可泣的訓示。但我們也能從中得出
完全相反的結論，並據此印證第歐根尼（Diogène）和何南
（Ernest Renan）的作風。這樣互相矛盾的生產力，只有偉大的
思想辦得到。

總是被阿爾及利亞人對死亡的那種「開玩笑」的態度所衝
擊到。我覺得沒有比這還合理的了。不用說，大家都知道這種
通常在飢腸轆轆和滿頭大汗之間冒出來的事情，其本質有多荒
謬。同樣地大家也都非常清楚去貶損這件事已經夠神聖的外
表。基於恐懼的尊敬是最為人不恥的。就此而言，死亡也不會
比尼祿（Néron）皇帝或我們那一區的警長更值得尊敬。

勞倫斯[19]：「悲劇應該就像是對著不幸狠狠地踹上一腳。」

---

[19] 勞倫斯（D. H. Lawrence）：一八八五～一九三〇，英國小說家，最有
名的作品之一是《查泰萊夫人的情人》。——譯註

（見其貴族共產主義）

同上：「革命不應該是為了讓某個階級奪權，而是為了給生命一個轉機。」

M。「人群並不是我的同類。他們只會注視著我，對我下判斷；我的同類，是那些愛我、不會注意我的人，他們不顧一切地愛我、沒有限期地愛我、不奴顏屈膝地愛著我、忠心耿耿地愛著我，而不是因為我做過或將要去做哪些事，他們就像我愛自己一樣地愛著我——連自殺都不例外。」[20]

……「她（梅）是唯一和我一樣擁有這份愛的，無論這愛是否完整，就像有人一起生了小孩，但孩子病了，隨時可能死掉。」

荒謬人物。

---

20 這裡抄錄的是馬羅爾小說《人的處境》（*La Condition Humaine*）中京島紀索（Kyoshi Gisors）的自白，當時他的妻子梅（May）已經向他坦承有了外遇。——譯註

加利古拉。短刀和匕首。

「我覺得前天我用祭司那把專門殺小牛的榔頭把他打昏時,大家都不太明白我的意思。這其實很簡單。就這麼一次,我想不按常理來——反正就是想看看。結果我看到的,是一切都沒有改變。觀眾席上有點騷動和驚惶而已。其餘的,太陽還是同一個時間下山。我的結論是,太陽對常理不常理,根本無所謂。」

但為什麼太陽不可能有天從西邊出來呢?

同上。托勒密(Ptolémée)。我派人把他殺了,因為沒有道理讓他去做一件比我的還漂亮的大衣。絕對沒有這樣的道理。當然,也沒有任何理由支持我的大衣就該是最美的。但他並沒有這樣的意識,而我既然是唯一看得清楚的,占上風很正常。

唐吉訶德和拉巴力士[21]。

---

[21] 拉巴力士(La Pallice)本是法王弗朗索瓦一世手下一名驍勇善戰的

　　拉巴力士——在我死前一刻鐘，我還活著。這樣我就夠光榮了。但這樣的榮耀竟還被人盜用。我真正的哲學是我死後一刻鐘，我就不再活著了。

　　唐吉訶德——是的，我和那些風車打了起來。因為跟風車打或跟巨人打，根本沒有兩樣。沒有兩樣到很容易搞混。我有形上學上的近視眼。

∾

　　《吠陀》（*Védas*）。人在想什麼，就會變成那樣。

∾

　　吉賽兒（Gisèle）和戰爭。「不，我不看報紙。我感興趣的

將軍，戰死後部下作歌謠紀念他：「如果拉巴力士沒死，他還能激發士氣。」（S'il n'était mort il ferait encore envie），這句歌詞後來被刻在他的墓誌銘上。但因為古法文的「s」和「f」字形很像，乍看之下很像「如果拉巴力士沒死，他就還活著」（s'il n'était pas mort, il serait encore en vie）。這個句子後來又被好事者謔為「他死前一刻鐘時，他還活著」（Un quart d'heure avant sa mort, il était encore en vie）。現代法文裡有所謂的拉巴力士真理（la vérité de La Pallice），指一種顯而易見到根本無須說明的荒謬陳述句。——譯註

只有天氣狀況，我星期天要去露營。」

❦

「您知道，方田（Fontanes），這個世界最令我讚嘆的是什麼嗎？那就是一定要留下什麼東西的無力感。這個世界上有兩種力量：軍刀和精神。到最後，軍刀一定會被精神打敗。」
——拿破崙[22]

❦

路易十四——「我的孩子，您就要成為一個偉大的國王；不要模仿我對戰爭有過的那種嗜好。要把解除人民的痛苦當成己任……我很慚愧自己沒有能夠辦到這點。」

❦

特雷拉（Le Tlélat）[23]就像進入瓦赫蘭之前的一種準備。是

---

[22] 這個引句後來被用在《夏天》（L'Été）的〈杏樹〉（Amandiers）一文的開頭。——原編註

[23] 從貝勒阿巴斯或黑力贊那（Relizane）前往瓦赫蘭必經之地，位於瓦赫蘭東南方約三十幾公里處，是一處植被相當稀疏的平原。——原編註

一頭栽進感官世界之前的樸質無華和無拘無束，是被打入美妙地獄之前的默想冥思。

　　要到瓦赫蘭去，可以白天坐車，也可以搭夜車。日間車的情況我不清楚。夜車的話，我知道車子在黎明之際會經過北河溝（Perregaux）那片沙沙作響的尤加利樹林，然後在破曉時分抵達聖芭寶（Sainte-Barbe-du-Tlélat）。一個特雷拉平原上的小車站，有著綠色的窗板和一個大大的時鐘……

　　……此刻，雨中的特雷拉平原……

　　……聖芭寶，做為無差別、評量和自由化身的您，請免除我們太倉卒的抉擇，讓我們享有這名為樸實無華的完整自由。再過幾分鐘，就是瓦赫蘭了，沉重一如肉慾而無望人生。不動如山的聖塔克魯斯（Santa-Cruz）[24]和米爾斯克比爾港邊街上的茴香酒氣味。辛特拉咖啡館（café Cintra）[25]裡倒給客人喝的酒，是加了碎冰的「老神父家」（les vieilles cures）[26]——瓦赫蘭女人的腳踝有點粗，出門也不戴頭巾。聖芭寶，請讓瓦赫蘭

24　一座位於瓦赫蘭西郊山上的堡壘。——譯註

25　這家咖啡館位於瓦赫蘭市豪宅華廈林立的伽利略大道上。——譯註

26　波爾多右岸的瑟農市（Cenon）特產以多種香草釀製的利口酒。——譯註

女人青春永駐，直到她們開始變老，然後用許多一模一樣也喜歡在舊省府前那些樹蔭下散步的瓦赫蘭女人來取代她們。聖芭寶，請阻攔瓦赫蘭女人對阿爾及爾和巴黎的嚮往，告訴她們真理就是這個世界沒有真理。您就像一座碼頭，我們可以在上面抽菸作白日夢，等著汽笛聲響起，帶著我們更深入內陸的風景。您知道我不是很虔誠的教徒，但如果我偶爾會如此，您也知道不是因為我需要上帝，而是因為有些時刻我想要選擇虔誠，因為有輛火車要開了，而我的禱告沒有明天。聖芭寶，您做為阿爾及爾─瓦赫蘭鐵路上的一點，但更靠近瓦赫蘭，非常靠近瓦赫蘭，也是我這趟前往瓦赫蘭旅程的休息站。如此豐滿又珍貴的您，如此入世又真心的您，請來當一個無信仰者的聖徒、一個無知者的顧問吧！幾秒鐘就好。

　　瓦赫蘭[27]。荒誕的城市。那兒的鞋店裡展示著醜陋的石膏模型，都是扭曲變形的腳。那兒櫥窗中的惡作劇道具旁邊擺著紅

---

[27] 這條筆記後來用在散文集《夏天》的〈牛頭人身或瓦赫蘭之旅〉（Le Minotaure ou la halte d'Oran）（一九三九）一文中。──原編註

白藍的三色錢包。那兒我們可以喝到非常香醇的咖啡，在泛著油光、檯面灑了一層蒼蠅翅膀和毛腳的吧檯上。那兒他們會用有缺口的杯子來裝你點的飲料。一個幸福國度裡的幸福咖啡館，小杯的十二毛，大杯的十八毛。在一間古董行裡，一尊刻得很難看的木頭聖母像，笑的樣子有點猥褻，署名者是個沒聽過的名家。古董行老闆似乎深怕顧客有眼不識泰山，還特別在雕像下面擺了個牌子：「馬亞（Maya）的聖母木雕」。照相館裡展示著各式各樣令人驚奇的臉孔，從手肘撐在小桌上的瓦赫蘭水手，直到穿得怪模怪樣、站在一片森林布景前的待嫁少女，更別提瓦赫蘭的真正土產：那種很體面的年輕人，頭髮往後梳得油光水滑，裝飾著一張活像防空壕的嘴巴。

　　光看街上那些絡繹不絕、並非十全十美但令人心動的年輕姑娘，就明白這個城市何以獨一無二又親切宜人。姑娘們臉上不施脂粉，喜怒哀樂全形之於外，就算要賣弄風騷，也根本藏不住，小伎倆一下子便露出馬腳。

　　阿波羅咖啡，米羅家，許多小酒吧，船形電車，裝了發條的小毛驢玩具，身上靠著一幅十六世紀的粉彩畫，可以用來泡青橄欖的普羅旺斯水，有些花店裡賣的愛國花束。瓦赫蘭是我們這塊荒謬歐洲大陸上的芝加哥！

在岩塊中開鑿出來的聖塔克魯斯，山巒、平海、狂風和驕陽，高聳的吊桿和這個城市的岩基上爬行的巨大坡道、電車、甲板和倉庫——然而我們卻很能感受到這其中有一種壯闊。

我常聽見瓦赫蘭人在抱怨他們的城市。「沒有有趣的圈子！」呃，當然囉！你們自己不要的。某種不想提升的壯闊。這種壯闊的本性是貧瘠的。它讓人無法突破自己的限制。忘了什麼圈子吧！到街上去。（只是瓦赫蘭並不適合瓦赫蘭人）

瓦赫蘭。卡納斯提爾（Canastel）[28]和紅色懸崖下靜止的大海。兩條昏昏欲睡的海角和浸泡在澄澈海水中的山脈。一陣細細的馬達聲傳進我們的耳中。一艘海岸巡邏艇正悄悄地在晶亮的海面上前行，全身沐浴著耀眼的光芒。過度的漠然和美——無情和璀璨的力量在呼喚。原上，秋水仙的色彩高雅、花肉多筋。

---

[28] 位於瓦赫蘭附近的小村。——譯註

∽✍

米爾斯克比爾港和開花的杏仁樹林下小徑；港灣的完美曲線——大小適中——海水宛如一片藍色金屬板。漠然。

同上。廠房上覆著瓦片。紅的藍的。事物的透明感。漠然。

∽✍

十一月

在當選教皇的博吉亞面前，一把用粗麻紮成火把被點燃了三次，以告誡這個世界的主人：塵世的榮耀轉眼即逝。

他用一種「令人讚嘆」的方式來執行正義[29]。

∽✍

一個猶太靈媒讓英諾森八世喝下摻了人血的人乳。

那不勒斯的斐迪南會把敵人們受盡凌虐的屍首拿去做防腐處理，好用來「裝飾他的宅第」。

---

[29] 布爾查（Burchard）：十五世紀的一個教廷史官。——原編註

亞歷山大（Alexandre）[30]和魯克蕾齊亞・博吉亞（Lucrèce Borgia）隨時隨地都會保護猶太人。亞歷山大在亞速群島和南極之間畫了一條直線，把這個世界一分為二給西班牙和葡萄牙。這個世界就只值得這樣。

根據布爾查

甘地亞公爵（le duc de Gandie）被殺後，接下來就是他的兒子了。

亞歷山大六世久久無法從一種劇烈痛楚的驚嚇中回復過來。他眼神呆滯，凝視著那血跡斑斑、一動不動的屍身——然後把自己關進房裡，有人聽見他在低泣。

從星期四到星期六，他都不吃不喝，一直到星期天以後才能睡得著覺。

凱撒・博吉亞。身強體壯的他，突然有些「健康問題」，因為潰瘍在床上起不來，「這道年輕的榮光裡混進了不祥的預

感」。於是在工作之外，他開始狂歡作樂。白天睡覺──晚上工作──「不當凱撒就什麼都別當」（Aut Caesar aut nihil）[31]。

十一月二十九日

小說。他一事無成，而且會永遠一事無成，因為他不能專心致志，因為他不曉得如何安排自己該做的事，而要想完成一件藝術作品，我們不得不……

這人可以完全從他的習慣來解釋。他最致命的習慣：躺著不動。他實在沒有辦法不如此。然而他所自許、所渴望、所欣賞的，和這完全相反。他想要一部誕生於違反習慣的作品──他所採取的解決辦法。

十一月二十九日

一個人唯有在對目的毫無利益考量的情況下，才有去追求

31　這句話是凱撒・博吉亞的名言，因為他的名字和古羅馬皇帝的頭銜剛好是同一個字。──譯註

大量且多樣化的經驗——尤其是在感官生活和任性縱情上——的合法性。

還有對物質的投入也是——而很多追求感官的人是因為已經成了感官的奴隸，才會這麼做。禿鷹在此再次被擁抱。

所以說，通過某些測試，譬如守貞、嚴以律己，是絕對必要的。在建構任何宣揚直覺認知的理論之前，對各種感官享受禁慾一個月是必須的。

性慾的守貞。

思想的守貞——禁止渴望誤入歧途，禁止企圖一心多用。

對單一主題——持之以恆——進行冥思——拒絕其餘。

固定時間工作——不斷——信心堅定，等等，等等（亦為道德之苦修）。

只要有一點軟弱，全盤皆敗：實踐與理論。

亞伯特・德斯特（Albert d'Este）在費拉拉（Ferrare）建造了斯基法諾亞宮（palais de Schifanoia），用來「逃避無聊」。

德斯特家族。

伊波利特（Hippolyte）叫人把他弟弟居勒（Jules）眼睛挖

出來，因為他心愛的女人說：「愛居勒的眼睛更勝於伊波利特的身體。」

居勒和費南（Fernand）想殺掉伊波利特和阿爾馮斯・德斯特（Alphonse d'Este）。事跡敗露，獲判死罪，臨上絞架時被很殘忍地免於一死。費南改判三十五年黑牢，居勒五十四年。費南最後死在牢裡，居勒出獄時已經發瘋。

阿爾馮斯・德斯特命人將一尊米開朗基羅（Michel-Ange）的居勒二世塑像給熔掉，鑄成一座大砲。

見鞏札格・涂克[32]。「他們建設只為了自己，因為沒有辦法在作品前抹殺自我，沒有辦法謙卑地將作品當成是一種創世奧祕地收藏起來（？），賦予作品永恆的價值（？），他們在作品出生之際便已判了它死刑。這些人自己也只能留下一些傲慢而遭人唾棄的名字。」正是如此。

博吉亞書單。

---

32 鞏札格・涂克（Gonzague Truc）：一八七七～一九七二，法國文學批評家。——譯註

維勒弗斯（Louis de Villefosse）馬基維利與我們（Machiavel et nous，一九三七）

撒巴提尼（Rafaël Sabatini）凱撒‧博吉亞（César Borgia，三七）

貝洪思（Fred Bérence）魯克蕾齊亞‧博吉亞（Lucrèce Borgia，三七）

布魯內（Gab. Brunet）活影（Ombres vivantes，三六）

柯林森－莫雷（L. Collison-Morley）博吉亞史（Histoire des Borgia）

貝諾斯特（Charles Benoist）馬基維利（Machiavel）

布查爾（Jean Burchard）的日記（Journal，特爾梅〔Turmel〕版，一九三三），等等。

◆◆◆

一九四〇

夜晚，在「兩大奇景」的露天咖啡座上。

我們可以隱約聽見海在夜深處的悸動。橄欖樹的微顫和從地面冒上來的霧氣。

冒出海面的岩石上立滿白色海鷗。灰沉沉的一群，被翅膀

上的雪光照亮了，宛如一個個晶瑩的漂塚。

❧

小說。

故事在一片灼熱而碧藍的沙灘上展開，兩個有著古銅色皮膚的年輕人——海水浴、浪花和日光的嬉戲——夏天夜晚，濱海公路上的果香和陰影深處飄來的霧氣——輕衫中自由自在的身軀。吸引力，一顆十七歲的心內的祕密微醺。

——在巴黎結束。寒冷，灰色天空下，鴿子在王宮院的黑石間盤旋，這城市及其光明，匆忙的吻，惱人而不安的溫存，欲念和智慧在一個二十四歲的男人心中升起——一句「繼續當朋友吧」。

同上。另外一個在寒冷的暴風雨夜開始的故事，仰躺在地，在一片絲柏的中間，天上流動著星星和雲；

——接著是阿爾及爾的山坡上，或寬闊神祕的港口前。

——悲慘又壯麗的卡茲巴（Casbah）[33]，欲將它所有的墳頭

---

[33] 卡斯巴哈是阿爾及爾的舊城區，已經被聯合國列為世界文化遺產，但維護不善，裡面許多傳統建築都有倒塌的危險。——譯註

都倒進海裡的艾爾凱達墓園，石榴花間那兩對熾熱而無力的唇，一座墳墓——群樹，山丘，爬上乾燥而純淨的布札黑（Bouzaréah）[34]，接著又回到海邊，唇的氣味和盛滿陽光的眼。

剛開始這並非出於愛，而是一種活下去的欲念。然而，在那座正方形蓋在海的上面的大房子裡，當這兩副軀體結合在一起，於逆風登高之後緊緊相擁，聽見大海那沉悶的呼吸聲從地平線彼端傳進這個與世隔絕的房間裡時，愛情真的是如此地遙遠嗎？在這個奇妙的夜晚，愛的希望和雨水、天空和大地的沉寂是緊緊結合在一起的。兩個因大自然而結合的生命之間的微妙平衡，兩人共同的那種對一切非此時此地者的漠然，讓他們看起來很像。

另外這一個彷彿是某種舞蹈的時刻，她穿著有設計的禮服，他則是全套舞衣。

濱海公路上的第一批杏樹開花了。一夜之間，它們就把這片弱不禁風的雪白披在身上，真難想像這片雪要如何禦寒，又

34　阿爾及爾西邊近郊的小村，可以俯看阿爾及爾城。——譯註

如何能抵擋這場浸溼了每一片花瓣的雨[35]。

۹۰۰

電車上。

老婦有張老鴇臉，但在平坦的胸前掛了一個十字架：

「老實女人就知道自持自重。不像那些發戰爭財的女人。丈夫去打仗，她們領補助、偷漢子。您看，我就認識這麼一個女的，她跟我說：『他很可能會死在前線。他不當兵時可凶了。去當了兵也不會變好。』我還勸她：『現在他都上前線了，就原諒他吧！』她才不管。我說，先生，壞女人就是這個樣。從骨子裡出來的，從骨子裡。我就跟您說這是從骨子裡壞上來的。」

۹۰۰

二月

瓦赫蘭。搭火車的話，大老遠，從瓦勒米（Valmy）開

---

35 散文集《夏天》中〈杏仁樹〉一文的片段（見一九五四年版，頁七十三）。——原編註

始，就見得到聖塔克魯斯山和它那道深深的土溝，山上的大教堂則像根石指，直指藍天。

應該要在早上十點到加利埃尼大道（boulevard Gallieni）的角落上找人擦鞋。清風徐來，陽光朗朗，紅男綠女來去匆忙，此時高樓扶手椅上，看著那些擦鞋匠的功夫，心中真有說不出的舒暢。乾淨，俐落，無微不至。一度，眼見著他們拿起軟毛刷子為皮鞋做最後的打亮，我們還以為這場令人驚嘆的表演就要結束了。然而同一隻不願放鬆的手，卻在此時又把鞋油往晶亮的鞋面一抹，讓它黯然失色，摩擦它，令那鞋油滲透到皮革的最深處，然後在刷毛底下讓這最後真正的第二層光亮，從皮革的深處煥發出來。[36]

❦

同時體現了某種形上學、道德觀和美學標準的墾民之家。這棟建築的屋頂造得像是埃及法老王的雙冠冕。奇怪的馬賽克主題、拜占庭樣式，我們不曉得上頭為什麼要弄一些迷人的看

---

[36]《牛頭人身或瓦赫蘭之旅》一文的片段（見一九五四年版，頁二二－二三，四五－四六，五二）。——原編註

護小姐，足蹬涼鞋，擡著裝葡萄的簍筐，還有一大群穿古裝的奴隸，爭先恐後地湧向一個頭戴探險家頭盔，脖子上還打著蝴蝶結前來墾荒的優雅人士。

奧斯特里茨街（rue d'Austerlitz）上那些有一百歲的猶太人。一舉一動：都像在演戲。

像瑪莉-克莉絲汀這樣的裁縫師是「not only fashionable but always up to date」（不僅時髦而且永遠走在流行尖端）。通便劑「不過是權宜之計。硬拉出來的屎不能解決問題」。

從濱海公路上看過去，那些懸崖是如此之高，以至於眼前的風景因為太珍貴了，竟予人一種虛幻感。人類全被從裡面趕了出來，而那種杳無人跡的程度，讓這麼沉重的美宛若來自另外一個世界。

❧❧

小小的珍珠廣場（place de la Perle），下午兩點，一群孩子在那邊玩。清真寺，叫拜樓，長凳，一點點天空。聲音像小鈴鐺般的西班牙電臺。我喜歡這裡的，不是現在這種時刻，而是那種我臆測中，在暑氣全消的夏日天空下，向晚時分裡變得柔緩的小廣場，軍人和婦女在那兒徘徊，男人則被茴香酒的味道全引到酒吧去了。

❧❧

女性小說：單一主題：真誠。

❧❧

「哦，我的靈魂，不要嚮往不朽的生命，但窮盡一切的可能性。」（品達Pindare ——第三首皮提亞頌歌〔3° Pythique〕）[37]

❧❧

---

[37] 這兩句後來用在《薛西弗斯神話》中當作題詞。——原編註

人物。

老頭和他的狗。八年的恨。[38]

另一個和他的口頭禪:「他很有魅力,我甚至要說,是討人喜歡。」

「一個震耳欲聾的噪音,我甚至要說,是把耳朵都震破了。」

「這是永遠的,我甚至要說,是人性的。」A.T.R.

～

陽光中的清晨和幾個赤裸的身體。淋浴,然後是熱浪和光亮。

～

二月

這張訴說著她的愛和痛苦往事的佛羅倫斯的臉。演戲的成分有多少?如此巨大,在某些瞬間如此地震撼人心,對別人來說卻又如此難以察覺的真情成分,又有多少?

---

38 這裡的兩個人物顯然是《異鄉人》中的老沙拉馬諾(Salamano)和馬松(Masson)(第四章和七十五頁,見一九六一年版)。——原編註

M ——彷彿巴黎的靈魂。這個陽光中的清晨，城市裡充滿光亮——他的眼睛就像這城市和這種安逸的人生。「O dolore dei tuoi martiri, o diletto del tuo amore.」（我會為了你的痛苦而哀傷，在你的愛情中感到歡欣）。[39]

「她不是愛的化身，而是生存機會——一切非關自我放逐（l'exil），一切認同生命者。而且生存機會從來沒有過這麼動人的臉。誰能夠愛得那麼堅定不移呢？但大家都知道什麼是激情。這首歌，這張臉，這個深沉又溫柔的聲音，這個有創意而自由的人生，就是我所有的期盼和等待。而如果我放棄了，那麼這些至少還可以做為解放的希望、做為那我無法割捨的自我形象。

❧

三月

怎麼會突然醒來——在這個昏暗的房間裡——還有那些一下子變得不相干的城市噪音？一切對我來說都是那麼地不相

---

[39] 一首著名的義大利藝術歌曲《如果你愛我》（*Se tu m'ami*）中的兩句歌詞。——譯註

干，一切，沒有任何存在是屬於我的，沒有一個可以讓這個傷口癒合的地方。我在這裡做什麼，那些舉動、那些笑容的用意何在？我並不在這裡——也不在別處。而這個世界不過是一片陌生的風景，我的心在裡面再也找不到支點。異鄉人，誰能夠明白這個字要傳達的是什麼。

∽◇∼

漠然，承認對一切都感到漠然。

現在一切都很清楚了，等待而且不要漏掉任何一個。工作，至少是為了讓這沉默和這創作同時更臻完美。其餘的，其餘的，不管會如何，都無所謂。

∽◇∼

夜晚：事件。人物。各種個人反應。

∽◇∼

圖維爾（Trouville）。一片長滿阿福花（asphodèle）[40]的臨

40　阿福花是音譯，或譯「日光蘭」、「常春花」、「水仙」。是一種地中

海高地。幾座小別墅，綠或白色的圍牆，有的有陽臺，有的被茂密的檉柳遮住了，還有的光禿禿地站在石頭中間。海在下面低噥。但陽光、微風、阿福花的潔白、天上那種已經硬化的藍，一切都讓人想到夏日，它那金黃色的青春，那些女孩男孩的古銅色肌膚，初生的激情，長時間的日曬和傍晚驟然來到的溫煦。還能賦予我們這個時代什麼其他的意義，除了這高原的啟示之外：一邊是生，一邊是死，在這兩種美之間的，是憂鬱。

R .C.是那種大家公認會躲起來上廁所的人。結果不是這樣，他們還據此發明一個理論，主張是人的偉大之處在於能夠感覺到貶抑他的事物。結果，覺得噁心的是我們。

S想要寫一本還沒被它的作者寫出來的小說的日記。

海沿岸長見的白色野花。古希臘人用阿福花弔亡，為死亡象徵。希臘神話的地獄裡有「阿福花原」（Pré de l' Asphodèle）。——譯註

❧

有愈來愈多人面對這個世間的唯一反應是個人主義。人的目標就是他自己。所有我們為了全體的福祉所做的努力，終將失敗。就算我們無論如何想試試看，姿態最好也要故意擺高一點。整個抽身出來，獨善其身吧！（白癡）

❧

男人收到他情婦的丈夫寫來的一封信。信中，丈夫宣稱自己還愛著妻子，並表明想在大發雷霆之前找情敵直接談判。而這個情夫最怕的，就是對方發怒。所以覺得這個丈夫的作法很寬宏，他很欣賞。而且他愈是害怕，就愈需要說出來。說個不停。所以他可以演好人。他決定放棄一切，只因對方既然那麼寬宏大量，他也願意犧牲──絕不抱怨──他真的是比不上人家。此外，他還真的有點以為事情就是如此。不過也得考慮到害怕挨揍的成分就是了。

別墅裡來了一條狗。S不顧母親的反對收留了牠。那狗偷了兩條鰻魚。母親去追那狗，狗很害怕就逃走了，沒聽見S在那邊說：「不要跑，不要跑，沒什麼好怕的。」

事後，S ──可憐的狗，牠還以為到了天堂了。

母親──我也是，我以前也相信有天堂，而我這輩子還沒見過。

S ──對，可是牠已經進去過了。

❧

到米爾斯克比爾港上方的海邊去。丘陵和懸崖環繞的港灣。封閉的心。

❧

馬賽。集市：「生命？虛空？幻覺？但其實是真理。」偌大的收銀臺。鏘！鏘！進入虛空。

❧

摩登時代方開始：一切都成了嗎？[41]很好，那我們就開始活吧！

---

41 原文作「Tout est consommé」，應該是引用了約翰福音（19：30）耶穌臨死前說最後一句話。──譯註

৵৵

巴黎，一九四〇年三月

　　巴黎的可恨之處：要溫柔，要有感情，可憎的多愁善感，把美的看成賣俏，賣俏當作美。溫柔和這片混濁的天、反光的屋頂和這場下不完的雨給人的絕望感受。

　　令人奮起之處：可怕的孤獨。像是群體生活的解藥：大城市。於是此地成了唯一可以通行的沙漠。此處的人體不再具有任何誘惑力，它只是被蓋起來，被遮在一些沒有形狀的皮相下面。這裡只有靈魂，而這種靈魂，不知檢點，醉茫茫，老愛啼哭不休，遑論其他種種的德性。但這靈魂也有一個偉大的地方：靜靜地忍受孤獨。當我們站在丘頂上俯瞰巴黎，在雨中成了一團巨獸般的霧氣，宛如從地上冒出的一顆難以形之的灰色腫塊，如果我們接著又去看蒙馬特聖彼得教堂的墓園，我們可以感覺到一片土地、一種藝術和一個宗教之間的血緣關係。這些石頭的每一根線條都在抖動，每一個釘在十字架上或被鞭打的形體，一如這個城市本身，都能讓靈魂裡充滿那種極強烈而且被冒瀆的激情。

　　但另一方面，靈魂從來就沒有對過，而在巴黎更是站不住

腳。因為巴黎曾經獻給這個如此在乎靈魂的宗教的最輝煌面容，竟是以肉身的形象刻在石頭裡的。而這個神，如果祂讓您感動，是因為祂有張人的臉。人類景況的特殊限制，讓他無法脫離肉身，也讓他那些企圖否定身體的宗教象徵全都有著身體的外表。這些象徵否定身體，但身體卻給了它們魅力。唯有身體是慷慨的。這個羅馬士兵，我們覺得很生動，因為他有個很不尋常的鼻子或是駝背。而那個皮拉特（Pilate），則是因為那誇張的、已經在石頭裡保留了好幾個世紀的無聊表情。

基督教對這點很了解。若果它能夠如此深深地觸動我們，是因為耶穌是神也是人。但耶穌的真理和偉大在他被釘到十字架上之後就沒了、在當他高呼為什麼要放棄他的時候就結束了。把福音書的最後幾頁撕掉的話，我們就會看到一個很人性的宗教。這個宗教拜的，其實是孤獨和偉大。當然也有人很受不了它的酸澀。但這就是它的真相，其餘的皆為謊言。

這就是為什麼懂得如何獨自在巴黎過一年，住在一個簡陋的房間裡，比起一百個文學沙龍和四十年的「巴黎生活」，還可以讓人學到東西。這是一件殘酷而醜陋的事，有時像一種折磨，而常常那麼地瀕臨瘋狂。在這樣的生活環境裡，一個人的品性應該會更堅強、更有信心——或死掉。但如果它死了，那

是因為它不夠強壯，活不下來。

∽৵

　　艾森斯坦（Eisenstein）和墨西哥的死神慶典[42]。一些陰森恐怖、用來逗小孩的面具，他們並津津有味地吃著做成骷髏頭形狀的糖果。孩子們覺得死是件有趣的事，認為它很歡樂，甜甜的像糖果。那些「小死人」也是。一切到最後都歸於「我們的朋友死亡」。

∽৵

巴黎

　　樓上的女人跳下旅館中庭自殺了。聽一個房客說，這女的三十一歲，是說人活著誰不是受夠了，所以她才活過那麼一點，便想尋死。這件悲劇的陰影在旅館裡盤旋不去。從前，她有時會下樓來，問老闆娘可不可以讓她一起吃晚餐。她會突然去親吻人家——可能是太需要溫暖和陪伴吧！這一切最後就以

---

[42] 這裡指的可能是艾森斯坦為一部未完成的影片所拍攝的片段，這些片段後來以《墨西哥艷陽天》（*Time in the sun*）和《墨西哥萬歲》（*Que viva Mexico*）的片名上映。——原編註

額頭上一條六公分的裂痕收場。臨死前，她說了：「總算！」

❧

巴黎。黑樹的背後是灰濛濛的長空，鴿羽共天一色。雕像們立在草地上，那種鬱鬱寡歡的高雅……

鴿群啪咧一聲像抖開的布展翅而去。青草上還留著一地的咕嚕嚕。

❧

巴黎。清晨五點的小咖啡館——玻璃窗上結著霧氣——熱騰騰的咖啡——中央市場的人群和送貨員——早上的小酌和薄酒萊。

拉夏貝爾（la Chapelle）[43]。薄霧——高架鐵軌和路燈。

❧

雷傑[44]。這種聰慧——這種對物質做重新思考的形上繪畫。

---

[43] 巴黎地鐵站名。——譯註

[44] 雷傑（Fernand Léger）：一八八一～一九五五，法國立體派畫家。——譯註

很奇怪：一旦我們重新去思考物質，唯一剩下的永遠是構成表象（l'apparence）的那一部分：顏色。

那傢伙在一間餐館裡，聽見一個太太在打電話，她叫的竟是他的話號和姓名。他在電話那頭接起來。她開始跟他說話，好像他就在電話的那頭（家人，確切細節，等等）。他覺得莫名其妙。但就是這樣。

沒有明天

「J. M.在這裡提到的作品，皆已付之一炬。不過大家也都知道他本來也可以讓它們出版的，只是除了駁斥和漠視大概不會引起任何反應，這麼一來跟燒掉也沒兩樣。」S. L.

為了斷句和換氣，一輩子都要一直寫的句子。「今天，我二十七歲」，等等。

༄

根據註釋者（或摘要性前言）來做註解分類。

༄

　　餐館裡有個西班牙籍的小兵。一句法語都不會，還有他過來跟我說話時那種對人情溫暖的渴望。埃斯特雷馬杜拉（Estrémadure）來的莊稼人，內戰時參加共和軍，後來流亡到阿爾及雷茲（Argelès）的難民營，又投效法軍。當他講到西班牙這個名字時，眼裡盡是故鄉的晴空。他有八天的假。跑到巴黎來，不消幾個小時就被這個城市搗碎了。一句法語都不會，在地鐵裡遊蕩，外國人，凡不屬於故里的一切，對他而言都無所謂，他只想能夠趕快回去跟他的戰友在一起。然後就算會死在一處天快塌下來爛泥地上，至少身邊躺著的都是老鄉。

༄

四月

　　在海牙（La Haye）。男人住在一處他不曉得其實是妓院的膳宿公寓裡。餐廳裡從來沒有人。他都穿睡袍下樓。一個身著

禮服、帶大禮帽的先生走進來。他動作僵硬，小心翼翼，黑色
皮膚。他點了一份很豐盛的菜餚。餐室裡的那隻白鴿正咕咕地
叫著。然後那人就走了，桌上留了飯錢。四下頓時變得很安
靜。侍者回來，突然驚惶失措。那黑鬼把白鴿藏在他的帽子裡
一起帶走了。

小說（第二部分——下場）。

那人（J. C.）給自己訂下了死期——眼看來日無多了。他
立刻感受到一股奇妙的優越感，覺得自己比社會上所有的勢力
和其他一切都來得高級。

地鐵裡，一個低微的軍人。四十幾歲。想讓一個滿年輕的
女孩子跟他約會。「哪天我經過那裡，也許我可以去看您。」
「不可以，我哥哥會罵我。」「啊，對！一定的，這太理所當然
了，您說的沒錯。那我可以給您寫信嗎？」「不可以，我還是
比較想跟您約在外面。」這麼直接地同意了他拐彎抹角半天想
得到的東西，讓他簡直喜不自勝。「啊，太好了！就是這樣，

就是這樣。沒錯，您說的沒錯，完全正確，這樣比較好。那麼，讓我想想。明天是星期一。沒錯，是星期一。那麼，幾點好呢？我看看，您知道的，因為我們從事這個職業的……我看看，對，明天是星期一。那這樣，五點好嗎？」

她（還是那麼直接）：您不能晚餐過後嗎？

他（還是那麼喜不自勝）：可不是，可不是，您又說對了。

她：八點吧！

他：好，好，八點。在「露臺」，好嗎？

她：好。

他沉默下來。突然間我們可以感覺到他被一股他不願承認的恐慌攫住。他需要採取預防措施，免得可能把這個如此珍貴卻竟然得來全不費工夫的豔遇弄丟了。「那如果臨時有事不能來，我可以寫信給您嗎？」「不，我比較不希望這樣。」「那不然，我們在另外約一個時間，萬一有事不能來的話。」「好吧！那星期四八點在同一個地方。」他很高興，但又突然擔心起第二個約會讓明天的那個變得沒那麼重要。「但明天，對不，八點，一言為定？除非是臨時有事才。」「好。」對方說。她在協和廣場站（la Concorde）下車，他則繼續坐到聖拉薩站（Saint Lazare）。

∽∾

　　畫家到克羅斯港（Port-Cros）去作畫。那兒的風景是如此
美麗，最後他乾脆買一棟房子，把他的畫全收進去，再也不碰
了。

∽∾

　　在《巴黎晚報》（*Paris-soir*）[45] 裡可以感覺到巴黎的整個心
跳，以及那種不入流的女店員精神。咪咪住的閣樓成了摩天大
廈，但還是一樣的心。腐爛的心。多愁善感，添油加醋，阿世
媚俗，一切惡行惡狀，可以讓人在這個對人如此嚴酷的城市裡
拿來自我防衛的藉口。

∽∾

　　如果您知道如何充分利用孤獨的話，就不會寫這麼多關於
它的東西了。

45　卡繆這個時候在《巴黎晚報》工作，皮亞也是他的同事。──原編註

❧

「我是，」他說：「一個嗅覺特別發達的人。但沒有藝術是給這種感官發揮的。只有生命可以。」

❧

短篇小說。一個傳教士，很滿意自己被派到外省鄉下的命運。意外地去陪伴一個死刑犯度過他最後的時刻。在那兒失去他的信仰。[46]

❧

德拉西尼（Terracini）前言[47]──……這種放逐滋味，我

---

[46] 這裡記的也許就是巴納路（Paneloux）這個人物，以及《異鄉人》續集的雛型。──原編註

[47] 這裡的德拉西尼應是義大利詩人恩利科·德拉西尼（Enrico Terracini），但和卡繆真正熟稔的，其實是他的太太貞（Jeanne Terracini）。此處的德拉西尼雖然沒有註明是先生還是太太，但同年十二月恩利科在夏爾洛出版社出版的《某晚，在某個遙遠的國度》（D'un soir d'un pays lointain），主旨正是這篇所講的放逐和鄉愁。──譯註

們之中有很多人對它也有鄉愁。這些義大利和西班牙的土地，曾經塑造了如此多的歐洲魂，以至於已經有點算是歐洲了——那比任何用武力征服的歐洲都還來得有價值的精神歐洲。這也許就是下面這些書頁的涵義。但此一現狀，兩百年前即已如此，至今猶然。因此我們不應絕望，待花兒終於在廢墟裡又重新綻放時，歐洲的青春將長存。

৵৵

　　系列二。關於唐璜。見拉魯斯字典（Larousse）：方濟各會修士將他殺了，然後對外宣稱他是被指揮官（Commandadeur）[48]打死的。最後一幕。方濟各會士對群眾宣布：「唐璜信教了」，等等。「榮歸唐璜」。

　　最後第二幕：指揮官沒有現身，以示挑釁。有理一方的辛酸。[49]

---

[48] 唐璜傳奇中的人物，因女兒安娜受到唐璜調戲，前來營救卻被唐璜殺死。指揮官的石像後來回來找唐璜復仇——譯註

[49] 同樣的主題也曾在《薛西弗斯神話》中出現過。卡繆一直有寫唐璜的計畫。他去世前不久，還曾著手翻譯摩里納（Tirso de Molina）的《愛情騙子》（Burlador）。——原編註

❧

系列二。關於唐璜。

（神父和唐璜走進唐璜的更衣室，接著唐璜送神父往大門走去。）

第一幕開始。

方濟各會神父：所以您什麼都不相信，唐璜？

唐璜：不，神父，我相信三件事情。

神父：我可以知道是哪三件嗎？

唐璜：我相信勇氣、聰明和女性。

神父：那應該不用對您抱什麼希望了。

唐璜：沒錯，如果應該要去同情一個快樂的人的話。再見了，神父。

神父（走到門邊）：我會為您禱告的，唐璜。

唐璜：那我要感激您，神父。我想這是一種勇氣的展現。

神父（輕聲地）：不，唐璜，這只是兩種您堅持不願承認的情感——施捨和愛。

唐璜：我只知道這些婦人之仁在男人身上就成了溫柔和慷慨。那麼告辭了，神父。

神父：告辭了，唐璜。

❧

五月

《異鄉人》寫完了

❧

令人讚嘆的《恨世者》（*Misanthrop*）[50]，以及劇中那些粗糙的反差和典型角色。

艾爾塞斯特（Alceste）和菲蘭特（Philinte）

賽莉敏娜（Célimène）和愛蓮德（Éliante）

艾爾塞斯特的單調乏味──一個被逼上絕路的角色之荒謬下場──這個劇本的全部主旨所在。而那首「差勁的詩」（le mauvais vers）[51]，幾無抑揚頓挫，跟這個角色本身一樣單調。

❧

50　十七世紀法國劇作家莫里哀的劇本。──譯註

51　《恨世者》一劇主角艾爾塞斯特就是因為批評一首某貴族寫的劣詩而惹禍上身。──譯註

大撤退。

克萊蒙費杭（Clermont-Ferrand）。瘋子收容所和它那座奇怪的時鐘。髒髒的清晨五點。一群瞎子——公寓裡有個從早叫到晚瘋子——這個世界的縮影。整個身體在兩個端點之間轉來轉去，不是巴黎就是大海。到了克萊蒙，我們才能認識巴黎。

❧

完成「荒謬」的第一部分。[52]

那人把自己的屋子拆了、田地燒了，還在上面灑鹽，免得落入他人手中。

❧

法蘭西銀行的小男人。跟著撤到克萊蒙費杭，想繼續保有同樣的習慣。幾乎辦到了。但帶著一種難以察覺的差別。

❧

---

[52] 指《薛西弗斯神話》的第一部分。——原編註

一九四〇年十月。里昂

聖托瑪斯（Saint Thomas）（他自己也是斐德列克〔Frédéric〕的臣屬），認為臣屬有反叛的權利。見波曼（Baumann）：《聖托瑪斯的政治學》（*Politique de saint Thomas*）頁一三六。

❧

最後一個克拉拉（Carrara）家的成員，受困在遭鼠疫肆虐、又被威尼斯人圍攻的帕多瓦（Padoue）城中，他邊叫邊跑穿過宮裡的每一間廳堂：他在呼叫魔鬼，但求一死。

一個貢多鐵里[53]救了某城——應該是席恩納（Sienne）。他什麼都要。大家就想：「任何東西都不夠獎賞他，甚至是最高權力。我們乾脆把他殺了。然後把他當神來拜。」於是就這麼做了。

馬基維利（Machiavel）說巴格里昂[54]因為錯過了暗殺教皇朱勒二世（Jules II）的時機，所以也喪失了讓自己永垂不朽的機會。

53　貢多鐵里（condottiere）：中古世紀義大利的僱傭兵首領。——譯註
54　巴格里昂（Jean-Paul Baglione）：十六世紀義大利的軍閥。——譯註

布爾查：「惡毒、蔑視宗教、軍事天才和知識豐富，都在馬拉德斯達（J. Malatesta）（死於一四一七年）身上具足了。」

維斯康提（Philippe Marie Visconti）是米蘭的貢多鐵里，最討厭聽人講到死，有心愛的部屬快死了，就下令快快抬出去。可是布爾查說他：「死得很高貴、很有尊嚴。」

在拉文納（Ravenne），人們會把聖壇上的蠟燭拔起來拿去插在但丁（Dante）的墓前：「你比另外那個被釘在十字架上的還值得這個。」

短篇小說：羅納河（Le Rhône）和索恩河（la Saône），描述它們的流向，其中一條躍起來，另外一條猶豫著，終於過去跟它會和，因為衝力太大而迷失自我。兩個人順著這兩條河而下：對照組。

短篇小說：Y 的故事。

特爾內（Ternay）[55]。俯瞰羅納河谷的一個荒涼小村。灰色的天空和冷風像一件軟軟的長袍。廢棄的山坡地。幾條黑溝和幾隻烏鴉飛過。露天下的小墓園：他們全都曾是好丈夫跟好父親。他們全都留下了無限的思念。

老教堂裡面有一幅布雪的仿作。負責看管椅子的婦人：德國轟炸機來的時候，她真的是嚇死了。上次戰爭的時候，他們村子已經死了三十人。現在，只有十八個被俘，但還是不容易啊！等一下有人要結婚，兩個年輕人。那小學女老師是從亞爾薩斯逃難過來的，沒有一點家裡的消息。「您覺得這就快要結束了嗎？先生。」她兒子是一四年的時候死的，他人受傷，她還去接他，剛好碰到瑪恩河大撤退。她把兒子帶回家，他是在家裡過去的。「我永遠都忘不了當時的情景。」

外面，一樣的天寒地凍。翻過的土壤是溫的，大河在底下流著，一片亮晶晶，偶爾微波蕩漾。再過去一點，就是塞赫桑（Serresin）那間小車站候車室。戰時的燈火管制——陰影落在

---

[55] 在伊澤爾省（Isère）。——原編註

幾張鼓吹人們到班多爾（Bandol）去過逍遙生活的海報上。暖爐是熄的，冷冷的石板上有許多晨間灑水時留下來的 8，像是用描圖紙描出來似的。還必須在夜晚的谷風裡和遠處列車的咆哮聲中，等一個小時。這麼近，卻又這麼與世隔絕。人在這裡終於可以享有他的自由，但這自由是多麼鄙陋啊！休戚相關，和這個就算有花和風，其餘的一切還是永遠無法原諒的世界休戚相關。

❧

十二月

希臘人——伊特拉斯坎人（Etrusques）——羅馬及其敗亡——亞歷山大學派（Alexandrins）和基督教——神聖羅馬帝國及大膽思想——普羅旺斯和天主教會大分裂——義大利文藝復興——伊莉莎白時期——西班牙——歌德到尼采——俄羅斯。

印度，中國，日本

墨西哥——美國。

樣式——從多立克（dorique）柱到哥德式或巴洛克式的水泥拱。

歷史哲學藝術宗教

P. S. M.

十二月

希臘人。歷史——文學——藝術——哲學。

女人總是有意無意地會去利用男人身上那種對守信極其強烈的榮譽感。

該隱（Cain）之子——從原貌。父親站在一旁看著亞伯（Abel）被殺，不出手阻止。該隱在痛苦和暴力中成長。父親要原諒他，但該隱拒絕了，「我再也不要見到你的面。」[56]

（或是詩——同上。猶大〔Juda〕）

---

56 這一句是改寫舊約創世紀（4：14）中，該隱遭放逐時對神說：「我再也看不到你的面。」——譯註

瓦赫蘭。四一年一月。

P.的故事。小老頭會從二樓丟下一些紙頭，把貓引過來。
然後他又對著吐口水。如果有哪一隻貓中彈了，他就在那邊
笑。[57]

༺๛

沒有一個地方，不曾被瓦赫蘭人用那種無論何等美景都會
被毀於一旦的可怕建築給玷污。一個背對著大海的城市，然後
像蝸牛殼那樣繞著自己大興土木。我們在這個迷宮裡遊蕩，尋
找海在哪裡，彷彿那就是亞莉安娜（Ariane）的信號。但我們
在條條醜怪的街道上徘徊，遍尋不著大海。到最後，牛頭人身
把瓦赫蘭人全吃了：那就是無聊。

但這些都是白費力氣：這裡是世界上最強壯的土地之一，
它把人們強加在它身上的那些礙手礙腳的裝飾都甩掉了，我們
還能在每棟房屋之間及所有的屋頂上聽見它在粗暴地咆哮。不
要去想到無聊的話，我們在瓦赫蘭過的日子跟這塊土地其實是

---

[57] 《牛頭人身》一文中的一段（見最後一節：「亞莉安娜之石」〔La
Pierre d'Ariane〕）。在《鼠疫》一書中對瓦赫蘭城的描述裡也曾用到
這段文字。──原編註

有得比的。瓦赫蘭證明了人的內在確有某種東西要比他們的道德規範來得強烈。

　　沒有到過瓦赫蘭的人，不曉得什麼叫石頭。在這個灰塵算是世界上最多之一的城市裡，石子和石頭就是王。別處的阿拉伯公墓都有那種很出名的宜人。這裡的話，在哈薩阿因（Raz el Aïn）狹谷上方，面對大海的，是緊貼著藍天、一整片鬆脆易碎並白得讓人睜不開眼睛的白堊石。在這堆大地的白骨中間，偶爾會像染了鮮血般，生氣蓬勃地冒出一朵紅色天竺葵。

　　我們寫了許多有關佛羅倫斯和雅典的書。這一類的城市曾經培養出不計其數的歐洲精神，想沒有意義都難。它們有的是感人或振奮人心的本錢。它們能讓靈魂裡那種只能用回憶來滋養的飢渴平息下來。但沒有人會想要去寫一個絲毫無法讓精神得到提升的城市，一個醜陋已肆無忌憚地入侵，過去則被化為烏有的城市。然而，有時候這卻會讓人躍躍欲試。

　　是什麼讓我們對一個一無所有的城市感到興趣和依戀呢？這空洞，這醜陋，這無聊，在這樣不容情而雄偉的天空下，到底有何吸引人之處？我可以回答：造物（la créature）。在某一

類的人看來，一個地方，只要那兒的造物是美的，就是一個擁有一千個首都的國度。瓦赫蘭正是這樣的一個地方。

　　咖啡館。小龍蝦，烤肉串，醬汁讓舌頭著火的蝸牛。我們會馬上喝一杯甜得噁心的麝香白葡萄酒來澆熄它。這些都不是捏造的。旁邊還有個瞎子在唱「佛朗明哥」（flamenco）。

　　米爾斯克比爾港上的丘陵像一種完美的地景。

　　《軍人的奴役與偉大》（*Servitude et Grandeur militaires*）[58]。一生中值得一讀再讀的好書。

　　「杜倫尼（Turenne）陣亡後，蒙特庫科利（Montecuculli）不屑跟一個平庸的對手繼續打下去而撤退了。」

　　榮譽「是一種非常人性的德行，我們可以想像它是死亡的產物，沒有天堂的棕櫚枝可拿；這是生命的功效」。[59]

---

[58] 法國詩人維（Alfred de Vigny）一八三五年的著作，以深刻的人文精神描繪軍旅生涯之境況。——譯註

[59] 卡繆說榮譽是死亡的產物，但維尼的原文作「是塵世的產物」。基督

❦

瓦赫蘭。諾塞谷：沿著兩邊枯乾而灰塵漫揚的坡地慢慢走。日頭下的地殼開始龜裂。石頭色的乳香黃連木。頭頂的天，按時地將它儲備的熱與火熱傾瀉而下。漸漸地，黃連木愈來愈高大，顏色也轉綠了。走了很長一段路之後，黃連木漸漸被橡樹取代，一切都變高長大也和緩了下來，然後，在一個急轉彎處，一片杏花滿開的杏林：像是給眼睛喝的涼水。一個宛如失樂園的小山谷。

可以眺望大海的山坡路。車子能通但人跡罕至。現在上面都是花。雛菊和毛茛鋪出了一條又黃又白的路。

❦

一九四一年二月二十一日

《薛西弗斯》寫完了。荒謬三部[60]完成。

教的殉道者死後上天堂可以得到棕櫚枝做為獎賞，所以凡殉道聖徒的畫像，都可以看到他們手上拿著棕櫚枝。——譯註

[60] 卡繆稱之為「荒謬系列」（Cycle de l'absurde）的作品，包括《異鄉人》、《薛西弗斯神話》、《加利古拉》和《誤會》，因為這四個作品

開始自由了。

৩৵

一九四一年三月十五日

火車上。「您跟康普（Camps）很熟嗎？」

「康普？是不是又高又瘦、黑色八字鬍？」

「對，從前在貝勒阿巴斯做板道工。」

「對，沒錯。」

「他死了。」

「啊！怎麼死的？」

「肺癆。」

「是說，他從前身體看起來很好啊！」

「就是，不過他有在玩樂器，是軍樂隊的。奏樂時吹得太用力，結果送了命。」

「這個，一定的。如果有病，就要去治療。不該還往什麼管子裡吹風。」[61]

分別以小說、散文和劇本的形式呈現，故有「三部曲」（trilogie）之說。不過卡繆記這條筆記的時候，《誤會》尚未寫出。——譯註

61 這一段後來出現在《鼠疫》的三十六頁（一九六〇年版）。——原編註

那個似乎已經便祕了三年的太太說：「這些阿拉伯人，把女兒的臉都遮起來了。哼，他們就是還不文明！」

　　漸漸地，她對我們揭示了她的文明理念。一個月薪一千兩百法郎的丈夫，一房一廳的公寓，廚房和儲物間，星期天上電影院，一整個禮拜都住在家具全是芭貝斯百貨（Galeries Barbès）[62]買的屋子裡。

　　荒謬和權力──深究（參考希特勒）。

四一年三月十八日

　　春天來了，阿爾及爾附近的山坡上繁花漫溢。黃玫瑰蜂蜜般的香氣，流淌在小街弄間。碩大無朋的黑色絲柏，竟看不出是怎麼爬上去的紫藤和山楂花之光，從樹梢飛濺而出。溫暖的

62　位於巴黎十八區的一家大型平價家具專賣店。──原編註

風，平廣的海灣。強烈而簡單的渴望——和捨棄這一切之荒謬。

❧

聖塔克魯斯和穿過松林登高。海灣愈來愈寬廣，直至山頂上那片無窮無盡的視野。漠然——所以我也是，我也有我的朝聖路線。

❧

三月十九日

每一年，沙灘上的女孩如繁花盛開。她們只開一季。隔年，她們就會被其他那些前一年還是小女孩的花容所取代。對在旁欣賞的男人來說，這就一年來襲一次的潮湧，其壯其闊在黃沙上翻騰。

❧

三月二十日

關於瓦赫蘭。寫一篇無意義且荒謬的傳記。關於該隱，微不足道的無名氏，幫三軍廣場雕了一對無意義的獅子。

❧

三月二十一日

春日浴場的冰水。沙灘上死掉的水母：一種慢慢被沙子吸進去的凝膠物。巨大的蒼白沙丘——海和沙，兩片荒漠。

❧

葛林果週刊（Gringoire）[63]主張把西班牙難民營遷到突尼西亞的最南邊去。

❧

揚棄女性魅力的奴役。

❧

羅沙諾夫（Rosanov）。「米開朗基羅、達文西都是建設者。但革命一定會對他們吐舌頭，一旦他們到了十二、三歲開

---

[63] 法國兩次大戰期間一份走極右派路線的綜合型政論週刊，擁護貝當的維琪政權。——原編註

始顯露個人特質、展現出他們獨具的性靈之時，革命就會把他們給殺了。」

「人如果被剝奪了罪孽，他就不曉得怎麼活下去；倒是只會過得太好，如果被奪去的聖潔。」──長生不死是一個沒有未來的概念。

釋迦牟尼（Çakia-Mouni）在荒漠中多年，一動不動，眼睛望著天空。連神祇們都妒忌這種智慧和這磐石般的宿命。在他那張開而僵硬的手裡，有燕兒來築巢。但某天，牠們展翅而去，一去不返。而那曾經令他內心之渴望與意志、榮耀與痛苦全部寂滅了的東西，開始分泌淚水。石頭於是長出了花。[64]

---

64 這一段後來被用在《牛頭人身》一文中，頁六十二（一九五四年版）。──原編註

They may torture, but shall not subdue me.（他們可以折磨我，卻不能征服）

修道院長：「為何絲毫不願和人一起生活、一起行動？」

曼斐雷德（Manfred）：「他們的存在令我的靈魂感到厭惡。」

一顆心拿什麼來駕馭自己？去愛嗎？沒有比這更不確定的了。我們可以知道愛會帶來什麼樣的痛苦，卻不知道愛究竟為何。在此它對我而言是剝奪、懊喪、兩手空空。我不再有衝動；剩下的只有焦慮。一座看起來像天堂的地獄。還是地獄。今日令我感到虛無縹緲者，我稱之為生命和愛情。出發，限制，分手，這顆沒有光亮的心在我的體內散落一地，淚水和愛的鹹味。

風，這世上罕見的乾淨東西之一。

❧

四月。系列二。

悲劇的世界和反叛精神——《布杰約維采》（*Budejovice*）（三幕）[65]

鼠疫或探險（小說）

❧

解放者鼠疫。

快樂的城市。大家照著各式各樣的體制過日子。鼠疫來了，削弱了所有的體制。但它們最後還是全軍覆沒了。再度沒用。一個哲學家寫了一本《無意義行動選集》。他將從這個觀點記下一本鼠疫日誌（還有另外一本，不過是從悲情的角度。是一個教授拉丁－希臘文的老師[66]。他了解到在此之前他從未了解過修昔底德〔Thucydide〕和盧克萊修〔Lucrèce〕）。他最喜歡的句子：「從所有的可能性來看」，「電車公司只能支用七百

---

[65] 《誤會》一劇原本打算採用的標題是《布杰約維采》。——原編註

[66] 這個人物是史蒂芬老師。他後來在出版的最後定稿中就不見了。——原編註

六十個工人，而不是兩千一百三十個——從所有的可能性來看，這都是鼠疫的關係。」

有個年輕的神父眼看到黑色膿水從傷口裡流出來，信仰崩潰了。他又帶著他的聖油走了。「如果我逃得過……」但他沒能逃過。一切都要付出代價[67]。

屍體都被抬上電車。一輛輛裝滿鮮花和死人的列車沿著海岸行駛。結果售票員全被解雇了：乘客沒人買票。

打電話到「蘭斯多克通訊社」（Ransdoc-SVP），什麼消息都問得到。「今日死亡人數是兩百人，先生。我們將從您的電話帳戶裡扣款兩法郎。」「不可能的，先生，最快的柩車要等四天以後。請洽電車公司。我們會向您扣款……」這家通訊社還在電臺做廣告：「您想知道每天、每週和每月的鼠疫死亡人數嗎？請打電話給蘭斯多克——五條專線為您服務：-三五三-九一到五。」

城市被封起來了。人們孤立而擁擠地死去。但有個先生並未因此改變他的習慣。他仍舊每天穿好了才去吃晚餐。他家裡

67　我們從這段可以發現卡繆本來要讓巴納路的信仰崩潰，這個構想在《鼠疫》的初稿中仍然未更動。——原編註

的人一個個從晚餐桌上消失。他自己也在他的餐盤前死了，但還是穿得整整齊齊。就像他家女傭所說：「這樣至少也省事。不用再幫他穿衣服了。」屍體都不再入土，直接扔進海裡。但因為數量太龐大，漂在藍色海面上，像一片巨無霸的浮渣。

一個男人愛著一個女人，而且看見她臉上出現了染上鼠疫的跡象。他的愛從未這麼強烈。但她也從未如此令他作嘔過。他的身心已經分裂。但最後贏的總是身體。噁心令他發狂了。他抓起她一隻手臂，將她扯下床，拽過房間、客廳、公寓走廊、兩條小巷和一條大街。他把她扔在一條水溝前。「總之，還有別的女人。」

最後，那個最無意義的角色決定發言了，「在某種意義上，」他說：「這是天譴。」

～

等待期：關於瓦赫蘭的小書和希臘人。

～

西方藝術一直不遺餘力地提出一些想像中的典型。歐洲文學史似乎就是基於這些典型和主題而發展出的一連串變化。拉

辛式的愛情即某種類型愛的變化，而該類型也許並不存在現實生活中。這是一種化約：一種風格。西方文學不會去描述日常生活。他們只會不停地給自己找一些令他們熱血沸騰的偉大形象，追求這樣的形象——這形象可以是曼斐雷德或浮士德、是唐璜或納希瑟斯（Narcisse）——，但永遠無法企及。這種想要和理想合而為一的狂熱是一切的動力。而到最後實在沒辦法了，我們只好發明電影英雄。

　　臨海的沙丘——拂曉時的溫煦和第一波仍是又黑又苦的浪潮前幾個赤裸的身體。水珠掛在身上太沉重。於是身體浸溼後，又往沙灘上那初露的朝陽中奔馳而去。夏日沙灘上的每個清晨，都彷彿是這世界最初的那幾個。夏日的所有傍晚，則全擺出一張世界末日的嚴肅面孔。海上的夜晚百無禁忌。沙丘上的白天日照要把人壓扁似的。下午兩點，在滾燙的沙子上走一百公尺，會讓人像喝醉了一樣。我們就要倒下去了，這日頭真要命。清晨，美麗的棕色胴體在金色的沙丘上。嬉鬧聲和這些光亮中的裸露是如此地無邪。

　　夜裡，沙丘染上了月白。稍早一些時，黃昏讓所有的顏色

都變得更濃、更深、更烈。這海是海外之海，路是紅的，像凝結的血，黃色沙灘。一切都會隨著那顆綠色的太陽一起消失，月光於是在沙丘潺潺地流著。星雨下幸福無邊之夜。被我們緊擁在懷裡的，是另外一個身體，還是溫柔的夜？還有那一夜的暴風雨，沿著沙丘狂奔的雷電交加，沙子和眼睛都被它們那橘色或說是灰白的光芒給嚇得染得。這些都是令人難忘的婚禮。文思泉湧：我一連八天都非常快樂。

必須付出代價，被人生中那可鄙的疾苦所玷污。病痛那種骯髒、令人作噁和可惡的宇宙。

「汪洋大海上，唯聞一混合了低泣的呻吟，直到面色陰沉的夜降下來，令一切戛然而止。」（《波斯人 Les Perses》——薩拉米斯之役〔bataille de Salamine〕）[68]

---

[68] 《波斯人》是希臘悲劇之父艾斯克勒斯的劇作，薩拉米斯之役是波希戰爭中一場最關鍵性的戰役。——譯註

第三本 1939-1942

෨෬

四七七年時，為了締結提洛同盟（la confédération de Délos），他們就把一些鐵塊丟進海裡。結盟的誓言應該要跟這些鐵塊沉在水底下一樣地久天長。

෨෬

在政治上，人們尚未真正體認到某種程度的平等將會對自由造成多大的威脅。希臘古代有自由人，那是因為他們也有奴隸的關係。

෨෬

「藉口人民誤用而破壞了他們的自由，永遠是種罪大惡極。」（托克維爾〔Tocqueville〕）

෨෬

藝術的問題是翻譯上的問題。差勁的作家寫作，是根據一個讀者不可能曉得的內在脈絡。寫作的人必須能夠一分為二：最重要的，再說一次，是學習如何自制。

戰俘或戰士寫的關於戰爭的手稿。他們全都和言語難以形容的經驗擦身而過，但什麼收穫也沒有。在一個人事單位待六個月知道的也不見得會比較少。他們重複報紙上說的。在報紙上讀到的比親眼看到的，還令他們震撼。

「現在是用行動證明人類的尊嚴不會向諸神的偉大讓步的時候了。」（《伊菲貞妮在多里得》〔*Iphigénie en Tauride*〕）[69]

「我要帝國、疆域。行動是一切，榮耀什麼都不是。」（《浮士德》）

---

[69] 這句應該是《浮士德》裡面的句子。《伊菲貞妮在多里得》是葛路克的四幕歌劇，一七七九年在巴黎首演。——譯註

對一個智者來說，這個世界並不神祕，他怎麼會有迷失在永恆裡的需求？

⚬⚬

意志也是一種孤獨。

⚬⚬

李斯特論蕭邦：「他不再創作藝術，除非是為自己寫出他本身的悲劇。」

⚬⚬

九月

一切都得償清：這是顯而易見的。但人的苦痛會來插手，打亂了所有的計畫。

⚬⚬

暈眩，由於迷失自我和否定一切，由於什麼都不像，由於和那些界定我們的從此一刀兩斷，由於又回到那唯一可以讓所有命運隨時重新再來的月臺上。誘惑持續不斷。該順從還是拒

絕它？我們能夠在一種舒適生活的空虛處一直忍受某個作品的
陰魂不散，還是該起來拿自己生命去追趕它，跟隨那靈光？
美，我最壞的煩惱，還有自由。

柯波（J. Copeau）：「在偉大的時代裡，不必到書房裡去找
劇作家。他在劇場裡，和他的演員在一起。他身兼演員和導
演。」

我們這個時代一點也不偉大。

關於希臘劇場：

莫提斯（G. Meautis）：《埃斯庫羅斯與三連劇》

　　　　　　　　　　（ *Eschyle et la Trilogie* ）

　　　　　　　　　　《雅典的貴族政治》

　　　　　　　　　　（ *L'aristocratie athénienne* ）

納瓦爾：《希臘劇場》（ *Le théâtre grec* ）

　　馬路演員（comédiens routiers）[70]在演出默劇時，使用了一種在意義上可以理解，但對人生而言卻莫名其妙的語言（滑稽劇中的世界語）。

　　熊瑟赫（Chancerel）正是強調默劇的重要性。劇場裡的肢體：整個法國當代劇場界（除了巴侯特[71]都忘了這回事。

৵৶

　　即興喜劇（Commedia dell'Arte）中「抄本」（Zibaldone）[72]的內容。（莫隆〔Louis Moland〕：《莫里哀和義大利喜劇 *Molière et la Comédie italienne*》）（拼布做的舞臺帷幕）

　　莫里哀快死了，讓人把他抬進戲院，因為不願意那些演員、樂師、布景工因此少了一場演出費：「他們就靠這個過日子。」

---

[70] 法國舞臺劇導演熊瑟赫於一九三○年代創立的一個以童軍為主的業餘表演團體，著重肢體訓練，演出以即興喜劇風格的默劇、歌唱、特技、短劇等為主。——譯註

[71] 巴侯特（Jean-Louis Barrault）：法國舞臺劇及電影演員，曾飾演名片《天堂的小孩》（*Les Enfants du Paradis*）中的男主角。——譯註

[72] 一種劇團專有的抄本，裡面抄錄了各種臺詞、諺語、謎語和橋段，供獨角戲演出時使用。——譯註

熊瑟赫的書很有趣，但有個缺點：看了可能會讓人氣餒。
有意義的是看到一個注重道德教化的劇場人士，竟然會推薦一
份包括了許多伊莉莎白時期劇本的演出劇目。這樣的明智現在
已經很少見了。

৵৵

路易十五的圖書管理員克萊蒙（Nicolas Clément）對莎士
比亞的看法：「這個英國詩人的意象夠美，言語也很精緻；但
他會在他的戲裡面加一些垃圾，把這些好處都給破壞了。」

在克萊蒙這種人對其靈魂和精神的扭曲貶抑下，這個偉大
的世紀當初並沒有那麼偉大。儘管如此，那英國詩人彼時已華
麗地寫下了關於《理查二世》（*Richard II*）的：

「讓我們來談論墳墓、蟲蛆和墓誌銘。」還有韋伯斯特
（Webster）的：「人就像肉桂；要磨碎才會有味道跑出來。」

৵৵

面具，應景的嬉遊曲。舞者的步伐在地板上勾勒出新人的
姓名簡寫，這場宴會就是為他們舉行的。

❦

「Oh! no, there is not the end ; the end is death and madness.」
（哦！不，這不是盡頭；盡頭是死和瘋狂。）（凱德〔Kyd〕：
《西班牙悲劇 *La Tragédie espagnole*》）而馬洛[73]三十歲就被人用
刀刺在前額死了，兇手是個條子。

　　沃布頓（Warburton）收藏的古劇本手稿中有五十三本
（馬辛吉〔Massinger〕和傅雷雪〔Fletcher〕），最後毀在一個大
廚手中，被他拿來包肉醬。這就是結論。

❦

　　參見柯納（Georges Conne）：《莎士比亞之謎》（*Le
Mystère shakespearien*）（Boivin 出版社）

　　《莎士比亞研究之現狀》（*État présent des études
shakespeariennes*）（Didier 出版社）

❦

---

[73] 馬洛（Marlowe）：英國伊莉莎白時期的劇作家，和莎士比亞是同時
　　　代人，有學者認為當時他比莎翁更出名。——譯註

十月

　　黑死病。邦瑟爾（Bonsels），頁一四四、二二二。

　　一三四二年──黑死病席捲歐洲。猶太人被殺。

　　一四八一年──黑死病肆虐西班牙南部。宗教裁判所說：
要怪猶太人。但仍有宗教裁判官死於黑死病。

　　二世紀時，關於耶穌相貌的討論。聖錫里（Saint Cyrille）
和聖朱斯旦（saint Justin）：為了賦予道成肉身最大的意義，耶
穌的外表應該要難看得令人生厭。（聖錫里：「人子裡面最醜
陋的那個。」）

　　但希臘人的觀念是：「如果他長得不好看，他就不是神
了。」後來希臘人贏了。

　　關於卡特里派（Cathares）：杜埃（Douais）：《十三世紀
法國南部的異端》（*Les Hérétiques du Midi au XIII° siècle*）。

美人珊芭拉（Sembra）。去密告了她那密謀反對宗教法庭的父親，因為她有個卡斯提爾（castillan）來的情夫，兩個都是「改宗信徒」（conversos）。她進修道院。未能斷了俗念，又離開。有好幾個小孩。變醜。死時的保護人是個香料商——要求能將她的頭骨放在她家門上，好提醒世人她錯誤的一生。在塞維亞（Séville）。

ৡৣ

亞歷山大·博吉亞（Alexandre Borgia）是第一個反對托爾克馬達[74]的。太內行又太「高尚」，所以受不了這樣的宗教狂。

ৡৣ

見赫爾德（Herder）。《人類歷史哲學的概念》（*Idées pour servir à une philosophie de l'Histoire de l'Humanité*）。

ৡৣ

在亂世中創作的人有：莎士比亞（Shakespeare）、密爾頓

---

[74] 托爾克馬達（Torquemada）：十五世紀的西班牙宗教法庭總裁判長，對異教徒採取血腥高壓的迫害手段。——譯註

（Milton）、龍莎（Ronsard）、拉貝雷（Rabelais）、蒙田
（Montaigne）、馬萊赫伯（Malherbe）。

❧

在德國，民族情感起初並不存在。德國人的民族情感，全
靠那種由他們知識分子憑空捏造出來的種族意識在支撐。禍害
更甚。德國人對外交感興趣——而法國人卻是內政。

❧

關於單調

托爾斯泰（Tolstoï）最後幾部作品之單調。印度教典籍之
單調——聖經預言之單調——佛陀之單調。古蘭經和一切宗教
典籍之單調。尼采之——帕斯卡之——舍斯托夫（Chestov）
之單調——普魯斯特之，薩德侯爵之可怕之單調，等等，等
等……

❧

在塞巴斯托波（Sébastopol）圍城戰之中，托爾斯泰跳進
戰壕裡，在敵軍的砲火隆隆中往碉堡的方向逃去：他最怕老

鼠，而眼前就看到一隻。

୬୰

政治永遠不能成為詩的對象（歌德）。

再加上托爾斯泰那段可以拿來示範何為非邏輯的邏輯之荒謬言論：

「如果一切我們為彼而活的地上財富，如果一切生命帶給我們的享樂、富足、光榮、名譽和權力，都會被死亡奪去，那麼這些幸福就沒有一點意義。如果生命並非無窮無盡，那簡單說它就是荒謬，它就不值得那麼辛苦去活，就應該要趁早用自殺的方式把它結束掉。」（《懺悔》〔Confession〕）

但托爾斯泰在下文又修正道：「死亡的存在迫使我們，不然就是自願放棄生命，不然就要想辦法改變我們的人生，賦予它一個死亡奪不走的意義。」

୬୰

恐懼和痛苦：兩種去得最快的激情，比爾德[75]說。在北極

---

[75] 比爾德（Byrd）：北極海探險家。——原編註

絕對的孤寂裡,他發現身體和精神有著一樣嚴格的需求。「它
不會錯過任何一個聲響、味道和聲音。」

勞倫斯(T. E. Lawrence)戰後用假名以一個普通士兵的身
分又加入軍隊。問題是沒沒無聞可不可以帶來高高在上所無法
獲得的東西。他拒絕國王贈勳,把獲頒的十字勳章給他家狗戴
上。將未具名的手稿寄給出版社卻都被退回。摩托車車禍。

法柏路思(A. Fabre-Luce)的定義即由此來:偉人的特徵
在於他會很嚴密地讓自己退隱在歷史裡,並用一種內在的自由
來面對它。

重讀:《布黑格筆記》(*Les Cahiers de Malte Lauris
Brigge*)[76]:沒意思的書。這都要怪:巴黎。這是巴黎的失敗。
一種無法克服的巴黎毒素。譬如:「這個世界把孤獨者當成敵

---

[76] 奧地利詩人里爾克(Rainer Maria Rilke,一八七五～一九二六)巴黎
時期的作品,是他唯一的小說。——譯註

人。」錯，這世界管你去死，何況，它也有這個權利。

唯一有意思的是阿赫菲（Arvers）臨死前還糾正人家說錯法文那段：「要說『湊廊』（collidor）。」[77]

❧

像牛頓說的：就一直想著這些。[78]

❧

伊提耶[79]，論劇作家：「他愛怎麼做就怎麼做，只要他做該做的。」

❧

---

[77] 法國詩人阿赫菲（一八〇六～一八五〇）在醫院臨死前，聽見照顧他的護士在喊人去某某走廊搬東西來收屍，那護士大字不識，頭腦簡單，把「走廊」（corridor）說成「湊廊」（collidor），阿赫菲聽了，竟然迴光返照，爬起來跟護士說：「要說『走廊』（corridor）。」說完才死。卡繆這裡記錯了，「collidor」是護士講的。──譯註

[78] 相傳有人問牛頓是如何而能發現萬有引力，牛頓回答：「就一直想著這事。」──譯註

[79] 伊提耶（Jean Hytier）：一九三九年曾和卡繆在《沿海地帶》合作過。──原編註

為蒙特朗（女人造成之騎士精神沒落）。《強·德·桑特黑》（*Jehan de Saintré*），頁一〇八，MA. LF.

∾

拉里維（Pierre de Larrivey）：譯者。《幽靈》（*Les Esprits*），譯自德·麥迪西（Lorenzino de Medicis）——聖–艾夫赫蒙（Saint-Evremond）[80]

∾

海岸線上的岬角看起來像一支整裝待發的艦隊。這些岩石和藍天的船隻，在它們的龍骨上微顫著，彷彿迫不及待要航向那些光的島嶼。整個瓦赫蘭地區都準備出發了，而每天到了中午，一股冒險犯難的激昂會竄過它的全身。也許，有天早上我們將一同離去。

∾

---

80 這是卡繆第一次提到《幽靈》這個劇本。他後來在一九四〇年將它改編，並於一九四六年在阿爾及利亞公演，以推廣文化運動和大眾教育。一九五三又在昂熱（Angers）戲劇節中推出。——原編註

　　廣闊沙丘上的大暑天裡，整個世界都捲起來、縮起來了。這是一個由高溫和熱血構成的牢籠。不會比我的身體大。但一頭驢子在遠處叫起，沙丘、沙漠和天空又找回了它們的距離。無限遠的距離。

❧

　　關於悲劇的散文。

　　一、普羅米修斯的沉默

　　二、伊莉莎白時期劇場

　　三、莫里哀（Molière）

　　四、反抗精神

❧

　　鼠疫。「我渴望一件公平的事情，」——「鼠疫這不就來了。」

❧

　　「夜，一個『真正的夜』，如今有多少人認識它呢？流水和大地，又歸於沉寂。『而我的靈魂也似一座噴泉。』」啊！讓世

界離我遠去，讓世界緘默下來。彼方，在波龍莎的下面。」

別再讓這顆心空虛下去了——拒絕會令它枯涸的一切。如果活水是在別處，為什麼要把我拉住？

ᔓᔕ

在某些時刻裡，我們再也感受不到愛的激情。只剩下悲劇。為某人或某事而活再也沒有意義。除了那種可以為某事而死的想法之外，一切都變得毫無意義。

ᔓᔕ

一個斯巴達人被監督長公開懲戒，因為他的肚子太大了。

雅典有句俗話說，不識字也不會游泳的人是最低等的公民。

見布魯塔克（Plutarque）描述的阿爾西比亞德斯（Alcibiade）：「在斯巴達，他是一個運動健將，飲食節制，生活簡樸；在愛奧尼亞（Ionie），挑剔且游手好閒；在色雷斯（Thrace），嗜飲；在色薩立（Thessalie），一天到晚騎馬；住在波斯總督提薩費爾納（Tissapherne）家時，比任何波斯的有錢人都要浪費、鋪張。」

❧

　　有天，聽到有民眾給他鼓掌：「我是不是說了什麼蠢話？」
福西昂（Phocion）說[81]。

❧

　　沒落！沒落的論調！西元前三世紀是希臘文明沒落時期。
但這個沒落期有歐吉里德（Euclyde）、阿基米德（Archimède）、
阿里斯塔克斯（Aristarque）和希帕卻斯（Hipparque），給了我
們幾何學、物理、天文學和三角學。

❧

　　還有人會把個人主義和追求個性搞混。這樣是混淆了兩種
層次：社會的和形上的。「您的注意力太分散。」生活變來變
去，就是沒有個自己的樣子。但有自己的樣子，是某種文明形
式下的特殊概念。對別的文明來說，這可能是最不幸的不幸。

81　福西昂將軍，西元前四世紀希臘政治家和演說家。他是貴族黨的領
　　袖，刻意為自己製造不得民心的形象。——原編註

現代世界的矛盾。在雅典，除非人民能夠將大部分的時間都花在上面，不然也無法真正行使他們的權力，而每天剩下的工作，就由奴隸去完成。一旦取消奴隸制度，大家都得去工作。可是主權在民的呼聲，也在歐洲人最無產階級化的時代達到最高峰。根本不可能。

希臘劇場裡只有三個演員：個性不是重點。

在雅典，看戲是件大事：一年之中只有兩到三次的演出。巴黎呢？他們卻還想回去找那些死掉的東西！不如創造出自己的形式。

「沒有任何事情是如此無邪，以至於讓人一點非分之想都沒的。」（莫里哀，《偽君子》〔Tartuffe〕前言）

見《偽君子》第一幕最後一景：「挑起好奇，製造懸疑」：欲知後事，下週五請早。

梭倫（Solon）[82]完成了他那些我們知道的功績之後，晚年以詩來讓自己的功績不朽。

৩৵

修昔底德借伯里克利（Périclès）之口，說雅典人最特別之處，在於「可以非常地大膽，但做起事卻又能深思熟慮」。

薩拉米斯之役中那些所向無敵的戰船，都是靠最貧苦的雅典人在划動的。

參考柯恩（Cohen）：「自從雅典沒了能賦予劇場生命的詩人，它就不再擁有夠格稱之為劇場的劇場。」

৩৵

符拉克（O. Flake）論薩德（Sade）[83]：「一個價值觀，對不服從它的人而言，它就是不穩定的。薩德看不出他必須服從的

82　梭倫（Solon）：古代希臘的政治家、立法者、詩人。——譯註
83　卡繆後來在《反抗者》中曾討論薩德（頁五五–六七）。——原編註

理由在哪裡，他找了很久，還是找不到這樣的理由。」根據薩德，沒有得到聖寵的人是毋須負責的

參見《茱麗葉》（*Juliette*）中的惡的算法。

偏執地抗拒那承認精神和性慾有著同樣存在理由之基本法。最後被送進了沙朗東[84]，為世所不容但精神正常，他還讓那些瘋子上臺演戲，整個演出由他一手包辦：畫面（Tableau）。

「他發明了很多他根本沒經歷過也不會想經歷的凌虐方式——為了能夠和接觸到一些偉大的問題。」

《白鯨記》（*Moby Dick*）裡面的那個象徵[85]，頁一二〇、一二一、一二三、一二九、一七三–一七七、二〇三、二〇九、二四一、三一〇、三一三、三三九、三七三、四一五、四二一、四五二、四五七、四六〇、四七二、四八五、四九九、五〇三、五一七、五二〇、五二二。

---

84 沙朗東（Charenton）：指位於巴黎近郊聖摩里斯市的一間由教會主辦的精神療養院。薩德侯爵在裡面住過好幾次，最後一次是從一八〇一年一直到一八一四年過世。——譯註
85 為《鼠疫》作的讀書筆記。——原編註

各種情感和意象讓哲學強化了十倍。

❧

雅典人只在百花節（les Anthestéries）的時候會想到那些死掉的人。一旦過完節，「你們走吧！幽靈，百花節已經結束。」

最初，在希臘宗教裡面，所有的人都會下地獄。沒有獎賞也沒有懲罰——而在猶太宗教裡。這就是為什麼會產生獎賞觀念的社會背景。

❧

四〇四。雅典在和黎頌德（Lysandre）簽下停戰協議之後，伯羅奔尼撒（Péloponnèse）戰爭就在黎頌德下令對雅典攻城的笛聲中結束了。

❧

西拉庫茲（Syracuse）的專制君主，提莫列昂（Timoléon）的精采故事（他以叛國的罪名，逮捕並處決了自己的父親。頁二五一，二，三）。[86]

ﾟﾟﾟ

四世紀時，在一些希臘城邦裡，寡頭統治集團的成員會做這樣的宣誓：

「我將永遠與人民為敵，我將提出我確定會對他們不利的建議。」

大流士（Darius）出亡，亞歷山大在後追趕（二九三-四）。

蘇薩（Suse）的婚禮：一萬名士兵，八十名將軍和亞歷山大自己，和波斯女人結為夫妻。

ﾟﾟﾟ

德米特里一世[87]：才剛登基，就又成為從這村到那村的浪人。

---

86 提莫列昂殺的應該是他的兄長提莫芬納（Timophanes），據說還把臉遮起來在一旁監斬。──譯註

87 德米特里一世（Démétrios Poliorcète）：西元前三三七～二八三，安提哥那一世（Antigone le Borgne）和亞歷山大大帝（Alexandre）的姪子，馬其頓冒險家，曾統治過雅典以及馬其頓，之後又喪失所有領土，淪為階下囚。──原編註

　　安提西尼[88]：「做好事還得聽別人說自己壞話，真是國王般的享受啊！」

❧

　　參考奧列里烏斯[89]：「凡我們可以活下去的地方，我們就可以在那兒過得很好。」

　　「讓一件構想中的作品無法繼續下去的，會變成這件作品本身。」

　　擋在路上的可以讓人行更多的路。

一九四二年二月完

---

[88] 安提西尼（Antisthène）：西元前四四四～三六五，曾經蘇格拉底和高爾吉亞（Gorgias）的學生，是犬儒學派的創始人之一。——原編註

[89] 奧列里烏斯（Marc-Aurèle）：羅馬帝國的哲學家皇帝，斯多葛學派信徒，在位期間約是西元一六一～一八〇。——譯註

卡繆作品表

Gallimard 出版社

《反與正》（*L'ENVERS ET L'ENDROIT*），散文

《婚禮》（*NOCES*），散文，一九九三新版《NRF essais》系列

《婚禮》、《夏天》（*L'ETE*）合訂本，（《Folio》口袋書系十六
　　號）

《異鄉人》（*L'ETRANGER*），小說（《Folio plus》口袋書系十
　　號，附 Joël Malrieu 專文導讀）

《薛西弗斯神話》（*LE MYTHE DE SISYPHE*），散文，新版附卡
　　夫卡（Franz Kafka）研究專文，一九四八，《Les Essais》
　　系列。更新版，一九九〇（《NRF essais》系列；《 Folio
　　essais》口袋書系十一號）

《誤會》（*LE MALENTENDU*）、《加利古拉》（*CALIGULA*）合
　　訂本，劇本，一九四七年；一九五八年新編（《Folio》口
　　袋書系六十四號）

《致德國友人書》（*LETTRES A UN AMI ALLEMAND*），一九四

八年新版附未發表前言（《Folio》口袋書系二二二六號）

《鼠疫》（*LA PESTE*），小說，（《Folio plus》口袋書系二十一號，附 Yves Ansel 專文導讀）

《戒嚴狀態》（*L'ETAT DE SIEGE*），劇本（《Folio théâtre》口袋書系五十二號，Pierre-Louis Rey 編）

《時事集》（*ACTUELLES*），政論

一、評論集，一九四四～一九四八（《Folio essais》口袋書系三〇五號）

二、評論集，一九四八～一九五三

三、阿爾及利亞評論集，一九三九～一九五八（《Folio essais》口袋書系四〇〇號）

《義人》（*LES JUSTES*），劇本，（《Folio》口袋書系四七七號）

《反抗者》（*L'HOMME REVOLTE*），散文，（《Folio essais》口袋書系十五號）

《夏天》（*L'ETE*），散文

《放逐和王國》（*L'EXIL ET LE ROYAUME*），短篇小說集（《Folio》口袋書系七十八號）

《墮落》（*LA CHUTE*），中篇小說（《Folio plus》口袋書系三十六號，Yves Ansel 專文導讀）

《瑞典演說文》（*DISCOURS DE SUEDE*）（《Folio》口袋書系
　　二九一九號），Carl Gustav Bjurström 跋

《反與正》（*L'ENVERS ET L'ENDROIT*），（《Folio essais》口袋
　　書系四一號）

《卡繆札記》（*CARNETS*）：

　　一、一九三五年五月～一九四二年二月

　　二、一九四二年一月～一九五一年三月

　　三、一九五一年三月～一九五九年十二月

《旅行日記》（*JOURNAUX DE VOYAGE*）

《與柯尼葉通信集：一九三二～一九六一》（*CORRESPONDANCE
　　AVEC JEAN GRENIER*〔1932-1961〕），Marguerite Dobrenn
　　導讀和註釋

《加利古拉》（*CALIGULA*），（《Folio théâtre》口袋書系六
　　號），Pierre-Louis Rey 編

《誤會》（*LE MALENTENDU*），（《Folio théâtre》口袋書系十
　　八號），Pierre-Louis Rey 編

《喬納斯或工作中的藝術家》（*JONAS OU L'ARTISTE AU
　　TRAVAIL*）與《石頭在長》（*LA PIERRE QUI POUSSE*）合
　　訂本，（《Folio》口袋書系三七八八號），改編劇本

《十字架信仰》(*LA DEVOTION A LA CROIX*),改編自 Pedro
Calderon de la Barca

《幽靈》(*LES ESPRITS*),改編自 Pierre de Larivey.

《修女安魂曲》(*REQUIEM POUR UNE NONNE*),改編自 William
Faulkner. 一九八四年新版(《Le Manteau d'Arlequin》系
列,新編)

《奧勒美多騎士》(*LE CHEVALIER D'OLMEDO*)改編自 Lope
de Vega.

《附魔者》(*LES POSSEDES*)改編自 Dostoievski.

《卡繆筆記》(*Cahiers Albert Camus*)

一、《快樂的死》(*LA MORT HEUREUSE*)

二、維亞拉涅:最初的卡繆與卡繆少作集(Paul Viallaneix: Le
premier Camus suivi d'Ecrits de jeunesse d'Albert Camus)

三、《戰鬥片簡(一九三八~一九四〇)──發表於阿爾及爾
共合報之文章》(*Fragments d'un combat*〔1938-1940〕-
Articles d'Alger Républicain)

四、《加利古拉》(*CALIGULA*),一九四一年編

五、亞伯特・卡繆:開放式作品,封閉式作品?一九八二塞里
茲研討會論文集(Albert Camus: œuvre fermée, œuvre

ouverte？Actes du colloque de Cerisy〔juin 1982〕）

六、《快報》社論集──一九五五年五月～一九五六年二月
（Albert Camus éditorialiste a L'Express〔mai 1955-février
1956〕）

七、《第一個人》（*LE PREMIER HOMME*）（《Folio》口袋書
系五三二○號）

八、《戰鬥卡繆論文合集》（*Ouvrage collectif Camus à
Combat*），Jacqueline Lévi-Valensi主編、導讀和註釋，
Bibliothèque de la Pléïade系列

《劇本及中短篇小說》（*THEATRE, RECITS ET NOUVELLES*），
Roger Quilliot編，Jean Grenier前言

《論文集》（*ESSAIS*），Roger Quilliot et Louis Faucon合編

Calmann-Lévy 出版社

《斷頭臺省思》（*REFLEXIONS SUR LA GUILLOTINE*），收錄在
《死刑省思》（*Réflexions sur la peine capitale*），與庫斯勒
（Koestler）合著，專論

l'Avant-Scène 出版社

《特殊個案》（*UN CAS INTERESSANT*），改編自布札替（Dino
　　Buzzati），劇本

《CARNETS I》
Albert CAMUS
Copyright © Edition Gallimard, Paris, 1962

PEOPLE 10

卡繆札記 I：1935-1942
CARNETS I

作　　　者　卡繆（Albert Camus）
譯　　　者　黃馨慧
責 任 編 輯　林俶萍
封 面 設 計　王志弘

編 輯 總 監　劉麗真
總 經 理　陳逸瑛
發 行 人　凃玉雲

出　　　版　麥田出版
　　　　　　城邦文化事業股份有限公司
　　　　　　104台北市中山區民生東路二段141號5樓
　　　　　　電話：02-2500-7696　傳真：02-2500-1966
發　　　行　英屬蓋曼群島商家庭傳媒股份有限公司城邦分公司
　　　　　　104台北市中山區民生東路二段141號2樓
　　　　　　客服服務專線：02-2500-7718　02-2500-7719
　　　　　　服務時間：週一至週五上午09:30~12:00；下午13:30~17:00
　　　　　　24小時傳真專線：02-2500-1990　02-2500-1991
　　　　　　讀者服務信箱：service@readingclub.com.tw
　　　　　　劃撥帳號：19863813　戶名：書虫股份有限公司
麥田部落格　http://blog.pixnet.net/ryefield
香港發行所　城邦（香港）出版集團有限公司
　　　　　　香港灣仔駱克道193號東超商業中心1樓
　　　　　　電話：（852）2508-6231　傳真：（852）2578-9337
　　　　　　電郵：hkcite@biznetvigator.com
馬新發行所　城邦（馬新）出版集團Cité（M）Sdn. Bhd.（458372U）
　　　　　　11, Jalan 30D/146, Desa Tasik, Sungai Besi,
　　　　　　57000 Kuala Lumpur, Malaysia
　　　　　　電話：（603）90563833　傳真：（603）90562833
印　　　刷　前進彩藝股份有限公司
初 版 一 刷　2011年9月27日
初 版 三 刷　2014年10月10日

ISBN：978-986-173-688-4
售價：350元

城邦讀書花園
www.cite.com.tw

國家圖書館出版品預行編目資料

卡繆札記. I, 1935-1942／卡繆（Albert Camus）著；
黃馨慧譯. -- 初版. -- 臺北市：麥田, 城邦文化
出版：家庭傳媒城邦分公司發行, 2011.09
　　面；　公分. --（People；10）
譯自：Carnets. I, Mai 1935-fevrier 1942
ISBN　978-986-173-688-4（平裝）

876.6　　　　　　　　　　　　　　　　100017660